世の中
いろいろ

IKEDA Makoto
池田 誠

文芸社

世の中いろいろ

目次

世の中いろいろ

誕生秘話

私の実家は岡山県笠岡市神島で半農半漁の田舎です。別に有名な所はありません。しいて上げれば天然記念物の甲蟹《かぶとがに》を飼育しているエリアがある程度です。

私は父義夫、母秋子の次男として生まれました。父親は広島県の宇治名街の造船会社で溶接工として働いていて、会社の社宅に息子（長男）と三人で暮らしていました。

秋子がお産のため神島の実家から、母親の町が手伝いに来ていました。

昭和十四年の正月三日が過ぎ、四日目に秋子が急に陣痛を催し、街の産婆（助産師）を呼びに行っている間に急に飛び出たのです。淡い鼠色の袋が……町は動転して何もできないでいると、袋が激しく動きだし、破れて、玉のような赤ちゃんが現れたのです。

産婆は袋が破れなかったら窒息していたでしょうとホッとしていた。

奇跡的に生まれた私は生まれながらにして自分を守ったわけです。

誕生から二十日後、神島の実家に帰り役所に出生届けに行ったところ、すでに八日前に出生届者がいたので、結果、生まれた日ではなく届け出に行った日が私の誕生日になる。

私の誕生日は一月四日と一月二十四日の二回あることになりました。

誕生日が二回あることで日常生活には支障はありませんでしたが、星占いをする時に困ったことがあります。

暦によると十二月二十二日から一月十九日までに生まれた人は「山羊座」で一月二十日から二月十八日までに生まれた人は「水瓶座」です。私は両方の占いを読み比べて自分に都合の良い占いを信じてきました。人生プラス思考です。

占いだけなら都合の良い方を使えばよいのですが、社会的に子供の小学校入学ではそうはゆきません。

現在、小学校に入学できるのは、四月一日時点に満六歳に達した児童です（学校教育法）。ですので、例えば三月三十一日に生まれた子を四月二日に出生届けをすれば、その子は一年遅れて入学することになります。この年頃の一年間での成長は著しいものがあります。

三月に生まれた子を二日に出生届けをすることは詐欺行為になりかねません。

汚しは芸術

『隠し砦の三悪人』で三船敏郎の役は秋月の武将（真壁六郎太）で、木樵《きこり》に姿を変え、半腰の鎧下、半袴、表皮のデンチ（袖なしの防寒着）に紋入りの脚半姿です。

千秋実の役は百姓（太平）で薄茶地に小柄入りの半袖半腰の着物、半袴、無地の脚半姿です。

藤原釜足の役も百姓（又七）で紺地に白葉柄の半袖半腰の着物、半袴、無地の脚半です。

この三人の衣装の汚しが黒沢映画のスタッフとして参加した私の最初の仕事だった。

三船・千秋・藤原の衣装の汚れぐあいを確認するため、助監督と一緒に黒沢組のスタッフルームに衣装を持って行った。

黒沢監督が「いいね」と言ってから、「しかし、臭いね。三船チャン、ぼんさん（千秋の渾名）、釜さんはこれを着て演じるんだから、大変だな……」とニヤリと笑い上機嫌だった。

城跡の広場のシーンには五百人ばかりの捕虜達が登場する。

準備は朝九時から始まった。衣装担当の助監督と捕虜達の汚しに取り掛かる。捕虜はエキストラがほとんどだ。

十人ばかり汚し、その具合を黒沢監督に確認してもらうため、エキストラの捕虜を五人連れて行った。

監督は暫くの間無言で見ていたが、急に「誰か舞台課に行ってバケツに灰をもらって来てよ」と言った。

助監督のひとりが両手に灰を一杯入れたバケツを持って来る。監督は五人のエキストラを並べて頭からバケツ一杯の灰をドサッと被せる。灰はモウモウと舞い上がり、エキストラの姿が見えなくなるほど広がった。

「衣装さん、これでいいんだよ！」

灰だらけのエキストラの仕上がりを見て、私は監督の手際の良さと迫力に呆然としていた。

エキストラの捕虜を二列に並べ、私が軍手で半袖の鎧下にワックスを塗り、助監督が灰を頭からブッかける。嫌がるエキストラ達にお構いなしだ。

襟首、肩、腕、頭や顔まで、がむしゃらにワックスを塗り灰を掛けた。

無我夢中で汚し続け、終わってみると、私と助監督はエキストラの捕虜以上に汚れ、顔も服も全体が真黒で灰だらけだった。

撮影現場が決まり、複数のカメラが設置され、合わせてライティングされた。エキストラの捕虜達が城の石段の上にスタンバイする。

監督がハンドスピーカーで「ヨーイ」と声を掛けると、出演者全員が緊張し固唾を呑んで、次を待つ。「スタート！」の声と同時に助監督の打つカチンコの音が夜の空に響き渡った。

捕虜達が一斉に、石段を雪崩のごとく駆け下りると、石段に撒かれた、灰や泥絵具が埃として白く舞い上がる。懸命に駆ける捕虜群、このテストが何回も繰り返し行われた。

撮影は延々と続き、深夜になった。エキストラ達はヘトヘトに疲れ果てて見る影もない有様となっていた。汗まみれの頭や顔に灰が積もり、疲労困憊のあまり、眼は落ち込みギョロリとし唇は白く乾いていた。

半袖半袴は汗と油を吸い、灰の埃をかぶり、破れていた。彼らからは苦しみ、悔しさ、惨めな哀れさ、捕虜の恐怖が身体全体から滲みでていた。

もう彼らはエキストラではなく完全に捕虜になっていた。

この撮影現場を目の当たりに見て、これが黒沢映画の芸術だとつくづく実感した。

天気待ち

時代劇映画のロケ地は、御殿場、伊豆長岡がよく使われる。自然が豊富なこと、特に御殿場は地元の人達が、映画撮影をよく理解して協力的なことです。それに撮影に必要な馬やエキストラ集めが容易なことです。

ロケーション撮影には天気待ちがつきものです。今回の撮影でも多くの天気待ちがありました。

早昼食が終ると、黒沢監督を中心に車座になり、輪唱が始まる。輪唱が苦手なスタッフも居ますが、この輪唱は黒沢組の名物です。

静かな湖畔の森のかげから……

静かな湖畔の森のかげから……

と輪唱を何回も繰り返し歌い続ける。その歌声は天に向かって早く晴れてくれと祈っているようだった。

チーフカメラマンが歌を聞きながら、ルーペで雲の流れ、太陽の光を見つめている。峠の日没は早く、三時には陽が陰ってくる。朝、風早峠に向かった、他社のロケバスが山を下って来て「お疲れさま」「お先に」と手を振りながら帰って行く。

風早峠は照る照る、明神峠は曇る、隠し砦は雲の中、こんな言葉を口遊《くちずさ》みながら、我々ロケ隊も帰路につく。

撮影現場に行って、テスト、天気待ち、早昼飯、輪唱と同じような日が何日も続き、明神峠に通う日が七日間も過ぎたが、一カットも撮影できなかった。

田所兵衛役の松本幸四郎のスケジュールの調整がつかず、急遽役が藤田進に代わっても、明神峠の天候は変わらなかった。

撮影現場に着いて、バスの棚を見ると、いつも掛けてあるはずの田所兵衛の陣羽織が掛かっていない。

「しまった、忘れた!」

製作担当に言って、すぐジープを出してもらい、松屋旅館へと山を下った。運転手もこの次第をよく心得ていて、下り坂を飛ばすこと飛ばすこと、車体が大きくバウンドして、ひっくり返りそうだった。私は車外に投げ出されないよう、青くなって運転台の吊り皮に懸命に掴まり神に祈った。「どうか、この天気が陣羽織を現場に届けるまで、曇り続けて下さい……」と。

陣羽織は松屋旅館の鴨居に何事もなく吊るされていた。

「良かった！」

急いで陣羽織を抱えて再びジープに乗る。

御殿場の街には薄陽が差している。明神峠の天気は……登り坂でもジープは速度を上げて走り続けた。

「晴れないでくれ！」

ジープが明神峠の入口に差しかかった時、谷間の風に乗って、あの歌声が流れてきた。

静かな湖畔の森のかげから……

「良かった！　運転手さんありがとう！　間に合った」

陣羽織忘れ事件があって、撮影は十日目になっていた。太陽は相変わらず平野は照っているが、明神峠は雲に覆われ陽は照らしてくれなかった。

風早峠は照る照る、明神峠は曇る、隠し砦は雲の中と心で呟いている時だった。ルーペで雲の動きを見ていたチーフキャメラマンが、「太陽が出ます！」。

「よし、やってみよう！」と黒沢監督。

スタッフ、キャスト全員に緊張が走る。

「太陽がハッキリ出たら本番いきましょ！」とチーフ助監督。

「十日目でやっとカメラが廻るか」照明助手が両手でシッカリとレフ板を支えている。

カメラのスイッチが入り、静かに廻り始める。黒沢監督が鋭い目で、三船、上原の演技を見つめ、七十余人のスタッフもその一点に集中する。「スタート！」黒沢監督の声が凛《りん》と山々に響き渡り、木霊となり返って来る。

「カット！」監督の力強い声で我に返る。

それは長いようで短い「カット！」だった。

奇妙な役者

音楽事務所の渡辺プロダクションとマナセプロダクションが合同して東宝で映画『檻の中の野郎たち』を製作した。

監督は新人の川崎徹広です。

東宝が新人監督を使う時は、製作費が安く、俳優もギャラの安い新人を使うのが条件です。その条件にかなったのが左卜全《ぼくぜん》でした。悪のボス役の左卜全が少年鑑別所の補導生たちに川へ投げ込まれるシーンの撮影です。

冬の寒い真夜中、特撮用に作った野外プールに投げ込まれる。物語上のこととはいえ老人にとっては過酷な撮影です。予算がある作品ならスタジオにプールを作り、温《ぬる》い水に飛び込むくらいのことは考えたでしょうが……

投げ込まれた左は演技以前に本当に溺れていました。現実に溺れているので迫力はあった。撮影が終わり、スタッフが左をプールから抱き上げ車で暖房の効いた衣装部屋に戻り、着替えをする。

暫く、寒いので小きざみに震えていたが、乾いた衣服に着替えたので、気も落ち着いて衣装部屋の畳にベッタリと座り、濡れた巾着袋から紙幣を取り出し皺を延ばし始めた。今どき珍しい旧百円礼です。延ばし終わったその内の二枚を私に今日のお礼にくれると言うのです。

私は丁寧に断わりましたが……非常に悲しそうな顔をしたので仕方なく頂くことにした。今でもその旧百円札は私のアルバムにコレクションとして残っています。


左卜全は奇妙な役者です。

撮影が終わって家に帰るとき、左が松葉杖を突いて撮影町の表門を出ると、丁度バスが来た、すると松葉杖を脇に抱えて急に走り出しました。動作が機敏で速いのには大変驚いた。

左の奥様は新興宗教の教主様で信者は左ひとりと言う。仏のような笑顔で左の行動を何もしないで黙って見ているだけです。

左は健康のため仰向けに寝転んで両足の曲げ運動します。靴下のゴムの所は足首を締めるので健康に悪いと切り取って履いています。これも宗教の教えから来たと言う。

前代未聞の出来事

原節子が五年振りに成瀬巳喜男監督作品『娘・妻・母』に出演することになり、助監督たちはこの機会に成瀬組に付いて成瀬監督の演出や原の演技を勉強しようと興奮していました。通常助監督は四名位のところ志願者が三名も増加して合計七名に増員されました。

原節子から受ける印象は映画の評判と異なって、非常に開放的な人でした。衣装合わせが終わると結髪部屋からビール二本とコップを持って来て「ああ疲れた！　伊藤チャン（衣装部屋の和服責任者）、飲もう！　飲もう！」と衣装部屋の畳の上に座り、ポンとビール瓶を開けて飲み始めます。飲みっぷりも爽やかで気取ったところはなく、大女優という雰囲気はまったく感じません。

朝九時前、原の着物を着せ付けてセットに送り出し、二番手に出演する宝田明のカーディガンを決め、着せ付けて……

十一時頃スタジオに入った。セットでは原の演技テストの最中です。

「アレッ！」

一瞬、自分の眼を疑いました。なんと原の着物が昨日撮影した時と違っているのです。全身の血が音をたてて引いて行き、心蔵が口から飛び出しそうになり、段々と息が苦しくなってきました。

セットの鏡に映った自分の顔は真っ青です。

気持ちを取り直して助監督をセットの隅に呼び、原の着物を間違えたと言うが、彼は昨日撮影した着物だと言って信用してくれない。私が何度も言うので、スクリプターの田口女史に聞くが、彼女も同様に昨日着ていた着物に間違いないと言う。

三人が問答をしている間にも次の撮影準備が進んで行く。私は気が気ではなかった。着物を着付けた私が言うのだから間違いだと強く主張しました。

とうとう昨日撮影したラッシュフィルムを観ることになり、撮影を中断して、本館二階の試写室で助監督七名とスクリプターと私がラッシュを観た。

「間違っている！」

チーフ助監督を先頭に六名の助監督、スクリプターと私が結髪室に向かいました。

原は鏡台の椅子に腰掛けて休息を取っていたが、私達を観て怪訝な顔……。

チーフ助監督が前に進み出て「原さん、申し訳ありません。着物を間違えました！」と皆一斉に頭を下げました。

原は着物をじっと見て「あっ、いけない……」着物を間違えたことに気付きました。

私が「申し訳ありません」再び頭を下げると、

「衣装さんじゃあない！　私が悪いのよ、心配しないで」とあっさり言って私を慰めてくれました。

原をはじめ皆で、監督に原の着物を間違えた報告とお詫びに行く。窓際で机に向かって、台本に目を通していた成瀬監督は報告を聞くと、驚く様子もなく「撮り直せばよい」と静かに言っただけでした。

私は着物を間違えたことが悔しく、情けなくてその晩は眠れませんでした。どうして間違えたのか、何度も何度も振り返り考えました。

前日は、原の着物を助手の長谷が丁寧にアイロンを掛け、撮影順に衣紋に掛けて吊るし、着物の下にはその着物に使う帯を並べて置く。

原の着付けの時、助手が着物を原の肩に掛け、私が帯を結んだ……。そこまできて突然記憶が鮮明になりました。間違ったのはこの時だ。助手が昨日撮影した着物ではなく、次のシーンで使用する着物を原の肩に掛けたのを気付かないで、昨日撮影で使った帯を結んだ私の大失敗でした。

着物より帯柄の印象が強かったので、スクリプター、助監督、そして原さんも間違いに気付かなかったのです。

原の着物を間違い撮り直したことに会社から罰則は受けなかった。相手が原節子だから……。

緊張感の持続

一九六〇年、稲垣浩監督作品『ゲンと不動明王』の衣装担当に就任しました。

朝九時にスタッフや役者がセットに入り二時間ほど掛けて撮影の準備する。寺の本堂で住職（千秋実）が朝のお経を唱えるシーンの撮影です。カメラの位置が決まると舞台係、小道具係、照明係、録音係と各係が競って準備を始めます。

全ての準備が完了すると監督の指示で役者が決められた位置に着き演技テストが始まります。数回テストを行い、本番です。一瞬緊張が走ります。

全員が注視する静寂の内で、突然監督が私を呼び「池！　千秋の輪袈裟《わげさ》……他にないの?」と言う。

本番前の監督の駄目出しです。

昨日、監督やカメラマンが数多くの輪袈裟の中から時間を掛けて選んだ輪袈裟なのに。気が変わったのかな、変えるのならもう少し前に言ってくれれば良いのに?……と思うと私は監督が何を言っているのか理解ができないで、この場におよんでと不満でした。

撮影現場では余程のことが起きない限りスタッフが監督に意見具申はできません。現場では監督は神様です。

私は衣装部屋に飛んで帰り五本ばかり輪袈裟をセットに持って行きました。持って来た輪袈裟を千秋の首に掛け監督を見る。監督は黙ったまま首を横に振る。二本、三本、四本、五本と持って来た輪袈裟を全部掛けますが……監督は何も言わず、ただ首を振るだけです。

監督が不機嫌な顔で「昨日見た輪袈裟を全部持って来て」と言う。

今日の監督は何か変だと感じながら、再び輪袈裟を三十本ばかり抱えてセットに入り、一本ずつ、様子を見ながら千秋の首に輪袈裟を掛け続ける。

千秋は黙って座っています。

時間も経過して、撮影現場の雰囲気が段々と変わって来ました。舞台係の二、三人が本堂の廊下を雑巾で拭き始め、小道具係が仏具を直したり、磨いたり、照明係も念入りにチェックし、録音係はマイクの影が出ていないか等々作業を黙々と続けている。

今日の監督は機嫌が悪いぞ……池ちゃんが苛められている。自分の方に飛び火したら堪ったものではない。一生懸命に働いています。

時代劇の撮影の時、武士が抹茶を飲むシーンで茶碗が監督の意図する物でなく、その日の撮影を中止して、次の日国宝級の茶碗を借りて来て撮影した出来事が脳裏を掠めた。

一時間ほど過ぎた頃、監督が「最初の輪袈裟を掛けてみて」と言う。しばらく見て、じっと考えて「よし、これで行こう！」と言った。

監督の声に合わせて一斉にスタッフが持ち場に戻り、その後の撮影は順調に進みました。

撮影終了後、助監督が私の所に来て「先ほどは申し訳ないことをした。実は次の出演者が車の渋滞で撮影所に着くのが遅れると言うので……池ちゃんに間を繋いでもらった」と言う。

役者のセットインが予定より遅れると、撮影現場の雰囲気は元より、スタッフ全体の緊張感が途切れ、再び同じ現場の雰囲気を作り上げるのに、大変な努力と時間が必要になるので、監督が考えた行動だったのです。

ロケーションで会った人々

地方ロケーションでのスタッフの楽しみは色々な人々との出会いが生まれることです。谷口千吉監督作品『紅の海』の撮影は下関で観光協会のサポートのもと十日ばかり行われた。夏木陽介、加山雄三、佐藤允が主演する東宝青春スター映画です。

下関での撮影は夜間ロケから始まった。映画のロケ隊が来るのを知って、撮影現場は沢山の見物客で混雑していた。警官二人が群衆を整理するが予想以上に人が多くて手に負えない有様です。この状態で撮影を続けると事故になりかねないので止むなく撮影は中止となりました。

習日、撮影現場に行くと不思議なことに人は多く集まっているのに昨夜の混雑はなく、群集は整然としている。昨夜と変わったことは警官はおらず、その代わりに七、八人の若い兄ちゃんが竹の棒を片手に群集の整理をしていた。あとで聞いたところ彼らは土地のヤクザだと分かった。

夜間ロケが終わり、私が帰り支度をしていると突然、白い背広を着た兄貴風のヤクザ男が声を掛けて来た。

「兄ちゃん！　俺にちょっと付き合ってくれない」

私は驚きと怖さで、何と返事をして良いか迷っていると、

「兄ちゃんが去年亡くなった弟に良く似ていたので……」と言いながら少々強引に近くのバーに入ると「アキラ」「アキラ」と女給達が彼に寄って来る。街では人気者のようだ。

落ち着いてアキラの顔を見ると男前で高倉健を少し華奢にしたような感じだった。

カウンター越しに女給が私を指差し「この人亡くなったアキラの弟に似ている」と言うと、他の女給もみな「似ている」「似ている」と口をそろえて言う。

アキラは毎日、夕方になると、私の泊まっている旅館に顔を出して私をあちこちのバーへ飲みに連れて行く。行く所では店の人達がみな「弟に似ている」と言うので私も不思議とアキラの弟のような気分になりました。

その内俳優を紹介してくれと言うのではないかと心配でしたが、そんなことはまったくなく彼は私を連れて歩くだけでした。

下関ではアキラとの出会いだけではなく、顔見知りになった可愛い娘とのデートもありました。

コーヒー好きの私がよく行った、喫茶店のウェイトレス美保です。毎夜十一時の閉店時間を待ちかねて二人は手を繋いで夜の岸壁を散歩しました。岸壁に黒い波が押し寄せザザーア・ドブンと音を立て打ち当たり、白い波を立てる。黒い波が白くなり繰り返しを二人はあきもせず眺めながら様々な話をしました。

デートは毎晩続き旅館に帰るのは夜中だったので、毎回、旅館の扉を叩き、寝ている女中を起こし開けてもらっていた。そのような不規則な生活を続けてとうとう夜遊びのため過労で体調を崩して二日ばかり撮影を休んだ。

熱が引き撮影現場に行くと、スタッフや俳優が皆心配してくれていました。有難いことに二日間仕事を休んだことを非難する者は誰もいなかった。

映画人は気持ちが通じる良い人ばかりで、地方の人は親切な人が多かった。

東京に戻ってから、ロケマネの車田さんから衣装部に電話が有り、撮影所の入口に下関のアキラが池チャンに面会で来ていると言う。私は急いで門の入口へ走っていきました。

アキラは少し緊張した様子で待っていた。さすがに白い背広でなく、ダークスーツを着ていた。東京に来たので兄ちゃんの顔が見たくなり来たと照れながら話す。

撮影所を見学する？　と聞くと、次に行く所があるので、と言って待たせていた車に乗り何度も手を振りながら帰って行った。

アキラと再会した三ヶ月後、車田さんから電話があり、アキラが亡くなったと言う。アキラはヤクザ同士の出入で、鉄砲玉となり、相手ヤクザの組に一人で殴り込みに行って死んだのだった。

わざわざ撮影所まで私に逢いに来てくれたのは、お別れの挨拶に来たのだ……と思うと胸がジーンと熱くなり、涙が止まらなかった。

あの時、撮影所のレストランで一緒にコーヒーを飲みながら下関ロケーションでの楽しかった話をすれば良かったのに、と深く後悔をしました。

衣装監督

一九六六年、千葉泰樹監督が『沈丁花』を撮影しました。主演京マチ子、司葉子、団令子、星由里子、杉村春子等々錚々《そうそう》たる顔ぶれです。

この女優陣の衣装合わせは大変なので、衣装監督として高峰秀子が手伝うことになり、私が助手として衣装担当することになりました。

女優達が着る全ての着物は、西武百貨店の池袋店とのタイアップが成立しました。

高峰と百貨店に行き、呉服売場の責任者に店内を隈無く案内して頂きました。

それからの高峰の行動は凄かった。二人の店員を引き連れて反物売り場であれこれと手際良く指示を出し、息をつく間もない速さで決めていく。私は台本片手にウロウロしているだけだった。

選び出した反物を、これ京さん、それ司さんと決めたら、その後は一切迷うことはありません。

高峰の頭の中は各女優の演じる全シーンが入っているようだった。「池チャン、決まった反物は全部、撮影所に持って帰って下さい。それから店員さんが伝票を整理している間に小物を見に行きましょう」と言って颯爽と小物売り場に向った。小物を探し終えると「じゃあ、好きな靴を選んで……」と言う。私は何のことかわからずボーッとしていると高峰が靴を一足持って来て「この靴、似合うと思うよ。履いてみて」と言う。私が靴の中に足を入れると高峰が「ピッタリ！　これに決めた」と店員に洒落たバーバリーの靴を渡しました。高峰は店員に「靴も反物も一緒に持って帰ります。そうそう靴は私が払うので伝票は別にしてね」と言って出て行きました。

「あっ」と言う間の出来事でした。


翌日、撮影所で衣装合わせを行いました。高峰の衣装合わせは圧巻でした。

千葉監督や出演女優京マチ子、司葉子、団令子、星由里子の前に反物を並べて各女優が着る着物をシーンごとに説明が始まります。時には女優の肩に反物を掛けて鏡で見せながら女優が納得するまで説明します。

監督はそんな高峰と女優達の表情や仕草、反物を見ながら黙ってうなずいていました。

二時間ばかりで女優四人の着物が手際よく、全て決まり、監督もホッと一安心の様子でした。

通常、スター女優四人の衣装合わせだと丸二日は必要ですが、それをわずか二時間余りで決めた高峰の手腕に驚き感服しました。

この経験がその後、私の映画・テレビ等の衣装合わせに大変役に立ちました。

映画は総合芸術

朝から第八ステージに入って二時間も経過しているが、カメラは一度も回っていません。ステージいっぱいに野原が広がり、中央に小川が流れていて、その両隅に小さな山小屋のセットが建てられています。

稲垣浩監督作品『佐々木小次郎』のセットです。小次郎（尾上菊之助）を慕う幼馴染のとね（星由里子）が一緒に村を逃げ出すシーンの撮影です。

山小屋で夜を過ごし明け方早く、二人で手に手を取り合って野原を駆け抜けて行く。五回、六回とテストを行うが、カメラは回る気配はありません。

スタッフは二人の演技より、なかなかＯＫを出さず、難しい表情をしている巨匠の顔ばかり見ています。

巨匠はサングラスを掛けているので、顔の表情は分からないのですが苛立っている様子ではありません。

そんな雰囲気で小次郎ととねが手を繋いで駆け出すカットだけなので、全体的に緊張感はありません。丸チーフ助監督だけが、巨匠の横でひとり気を揉んでいたが、何が何だか分からないまま早昼食になりました。

私が昼食を食べている時、巨匠に呼ばれてスタッフルームに行くと、助監督たちは昼食に出掛けたのか誰もいません。巨匠はざるそばを食べていたが、私を見ると箸を止めて、突然「池！　星君をなんとかせい！」と言いました。私は何のことかまったく分からず、ドキドキオロオロしていました。

私の怪訝な態度をよそに巨匠は再びそばを食べ始めながら「星君の動きに恥じらいがないんだよな」と一言。

私は衣装部屋に戻って、出前で冷えたラーメンの汁を啜りながら色々考え込みました。星の動きに「恥じらい」がないと言われても……。それを何とかせいとは無理難題です。演技で「恥じらい」を出せというのなら、それを考えるのは監督や助監督の仕事ではないかと、私はどのようにしてよいか分からず頭の中で理屈を捏《こ》ねていました。

衣装担当の私が星の演技のことまで考えなければならないのか疑問でした。また一方では巨匠の「恥じらい」の言葉が気になり「恥じらい！」と「恥じらい！」と繰り返し考え続けました。

熟考の挙句私なりに結論が出たので、この考え方が合っているかどうか取り敢えず行動することにしました。

問題は星に私の考え出した計画をどのように伝えるかです。星に色気を出して駆けろとか、腰をくねくねさせながら駆けて欲しいとは言えません。

星の感情を傷つけないように巨匠の意図している「恥じらい」を伝えるためにはどのようにすれば良いか……。

私は朝のテスト風景を思い出しました。

星は菊之助に手を引かれ、スタスタ何気なく駆け抜けていく様子、巨匠の言う星くんの表情、動作に「恥じらい」がないというのはこのことだ！　と、自分なりに確信しました。星にパンツを履かないで着物を着せたら……と思いついたのですが、さてどのように星に伝えたら良いか、まさか露骨にパンツを脱いで着物を着るようにとダイレクトにも言えないし……。色々と考えた挙句、斎藤カメラマンの名を借りることにしました。

「斎藤さんが星さんの後姿を撮る時、着物のお尻にパンツの線が出ると言って嫌がっているので、午後からは下着を付けないで下さい！」と提案すると、星は何のこだわりもなく快く引き受けてくれました。

午後のセットに入りました。巨匠のサングラスの視線が自分に向けられているのを感じましたが、巨匠からの言葉はありません。

スタッフが所定の位置につき、二回テストを行っただけで本番になり、一発でＯＫになりました。私はＯＫが出てホッとして巨匠を見ると、サングラスの中の眼は「池！　よくやった」と言っているように見えました。あっさりＯＫとなり、スタッフは午前中の作業は一体何だったのだろうと拍子抜けしたようですが、私はしてやったりと満足感で一杯でした。

吹き替役も命懸け

映画『黒部の太陽』の岩盤掘削シーンは熊谷組の工場敷地にトンネルのセットを建て撮影が行われました。破砕帯の撮影現場に居合わせたサンケイスポーツ記者がこんな記事を載せています。

三十日午後五時三十分岩石投入機の整理も終わり十一台のカメラも定位置に座りいよいよ撮影開始。

三船、裕次郎、玉川、それに辰巳柳太郎の吹き替えをやる衣装係の池田誠ら五人の出演者が勢ぞろい、改めて三度、四度、とリハーサルを重ねられる。計算では岩を突き破った水は両端に置いた約四十本の松の丸太に激しくぶつかり幾分水勢を弱めながら中央に流れ込む。

それを見て裕次郎が辰己（代役池田）を抱えて逃げ出し、ほとんど影響がないほど水勢が弱まったところで水をかぶる、ということになっていた。

午後七時過ぎ、本番開始。熊井監督の「スタート」の声がかかる。

関係者は息を呑んで決壊する正面を見つめる。

一秒、二秒、三秒、「ドッカーン！」轟音と共に壁が破れどっと水が流れ込む。

水しぶきが天井に当たり、跳ねあがり、積み重ねた松の木の丸太に当たる。すると固定され動かないはずの丸太が、あっと言う間に水に跳ね飛ばされ激流の波頭に乗って裕次郎らに襲いかかった。

誰かが「危ない、裕ちゃん逃げろ」と叫ぶ。水に一番近いところにいた三船がすごい速さで駆け抜ける。その時裕次郎が何かにつまずいて転んだ。水勢に乗った丸太は容赦なく裕次郎らに覆いかぶさり一瞬にして水と丸太に巻き込まれた。裕次郎が水の中で苦しそうに顔を上げる。

私は、撮影の成果を見届けたいという願望を満たすため、中央の床の上に据えたメーンキャメラの脇にいたが、すぐ後にいた熊井監督が、あっという間に後方に流され、カメラが水につかり、ライトの足がひん曲がっている。水に流されながら水中に沈んだ裕次郎が顔を上げ、何かにつかまろうとするのが見えた時、突然ライトが消え、何がどうなったか分からなくなった。

そのうち「ライトをつけろ」と怒鳴るスタッフの声が聞こえ、続いて「三船さんがいない」「裕ちゃんがいないぞ」と場内は騒然となった。

明りがつくと辺りはまだ深さが一メートルもあり、水の中に丸太と岩石がごろごろ転がっていた。スタッフは「三船さん」「裕ちゃん」と叫びながら必死に丸太や石をひっくり返して探した。

幸い三船も裕次郎も後方に逃げ切っていたが、裕次郎は左足のズボンの付け根から膝までが破れ、太腿に長さ二十センチほど裂傷を負った。

私が高齢の辰巳柳太郎の代役を助監督から頼まれたのは、撮影当日の朝だった。予定していた代役の俳優が泳げないというので、どういうわけか若いスタッフである私におはちが回って来たのです。

辰巳の衣装を身につけ、ヘルメットを被るとなんとか辰巳柳太郎らしく出来上がった。石原、玉川らに仰向けに抱きかかえられ、水勢から逃げるテストを四回、五回と行い本番となりました。

熊井監督の「ヨーイ」の声と同時に替え玉に扮していた私は石原らの手で仰向けに担ぎ上げられた。仰向けなので決壊する正面の大きな岩壁が真正面に見えている。あの岩壁が水圧で破れるのかと思っていると、「スタート」の声と同時に岩壁が中央から破れ、泥水や石が凄い勢いで噴き出した。担がれて何歩進んだろうか……突然私は強い衝撃で水の中に放り出された。

監督の「カット」の声で二人に落とされたと思ったが、それにしてもなんて乱暴な終わり方だと水中で踠《もが》いていると今度はド・ドーンと大量の泥水石が怒涛のごとく次から次へと襲いかかるように流れて来た。私の体は泥水の激流の中で文字通り木の葉のように舞った。

体は回転しながら流され、それでも何かに掴まろうと必死に踠いていると指先に一本の杭が触れた。無我夢中で杭にしがみつき、そのまま息を止めてジッと我慢していると不思議に冷静な気持ちになった。思った通りしばらくすると背丈よりも深かった泥水が次第に引いて行った。

泥水が引くと、ライトに照らされたトンネル内には頭大の石や、大きな丸太があちこちにゴロゴロ転っていた。これらが頭に当たっていたらと思うとゾッとして鳥肌が立った。トンネル内では「三船さん」「裕ちゃん」「皆大丈夫か」「頑張れ」と甲高い叫び声が飛び交っていました。

そんな声を背に私はひとりセットの後方から外に出ました。

泥水で濡れた体に夜風が爽やかで大変な撮影シーンから解放され、ホッとして夜空を見上げれば満天の星がキラキラ輝いていました。

愛妻家

私が大勢のエキストラ用衣装の準備を終えて熊谷組の社員食堂の片隅で一人遅い夕食を食べていた時です。石原がビール瓶を一本片手に持って私のテーブルの所に来て、

「池サマ、一人？」

「はい、明日はエキストラが沢山出るのでその準備をしていたものですから……」

「大変だな……。ところで日活の連中とはうまくやっている」

「はい、映画俳優は東宝も日活も皆さん同じで良い人ばかりです」

「皆な映画が好きなやつばかりだからな、良かった。三船プロからは三船さんと池サマだけなので、気になっていたよ」

こう言ってくれた石原の気遣いが嬉しかった。

石原はビールを手酌で飲みながら、スキー場で足を複雑骨折し、ギプス生活で大変だったことや、テレビを観ていた時急に便意を催して来たが、どうしても足が動かず困ってい

た時、奥さんが来て急いで両手を広げ、

「裕さん、私の手の中にして下さい！」と言ったという。

「この時以来カミさんには一生頭が上がらないね、カミさんを大事にしなければ……」

としみじみ話してくれました。

そして映画製作の失敗でお金に困っていた時、渡哲也がひょっこり石原の家に来て、

「兄貴、これ使って下さい」

と茶封筒を置いて帰った時のこと「哲はいい奴だ、哲もいい奴だ」と当時を思い出すように何回もつぶやいた。

石原も色々な苦境、困難を乗り越えて……今、映画好きの仲間達と一緒に心を一つにして『黒部の太陽』を製作することに喜びと感謝の気持ちで一杯だったのでしょう。

石原の話を聞いて、華やかに見える映画の大スターにも人には話せない色々な出来事が有るのだとつくづく感じました。

私のような者にまで、気を遣ってくれる心の優しさと大きさを感じさす石原の話を直接聞いて、この映画を絶対成功させなければならない、と心に誓う私でした。

一七一名の殉職者

立山連峰ロケは夏冬と二回行われました。黒部峡谷の夏の風景は絶景だが、峡谷の奥深く入ると正に秘境です。撮影はエキストラを使って、トンネル工事に使用する機材やブルドーザーを分解して運ぶシーンから始まった。二百人ものエキストラが五十キロから七十キロもの建設材料を背負って崖を切り崩して造った足場を一列に並び一歩一歩這うように進む長蛇の列は壮観です。

撮影現場に行く道が険しく、時間が掛かり、撮影時間が思うように取れないので、同じシーンを三日も掛けて撮影することになった。エキストラは同じ人に出演してもらうので衣装はそのまま着て帰り、翌日そのままの姿で出演します。実際の黒部ダム工事は苦難を極め、期間中転落などの労働災害による殉職者は一七一人にも及んでいます。

困難を極めた工事作業の様子をリアルに再現するため現場作業員の転落事故を撮影するため再び黒部峡谷に入って行く。今回は建設材料でなく、四体の人形を背負って同じ道を注意深く撮影現場に向かった。

断崖から作業員に似せた人形を投げる時、吸いこまれそうな深い谷底から……一七一名の殉職者の様々な叫び声が「危ないぞ」「気をつけろ」と叫んでいるように聞こえた。

それらの叫びは次第に呻き声に変わっていき、私はその呻き声を聞いて一瞬頭がクラッとして身体がつんのめり谷に転落しそうになった。

「池ちゃん！　本番行くよ……」助監督の声で我に返り、両脚に力を入れ踏みとどまった。そして心の中で何度も「供養だから」「皆の供養だから」と唱え気持ちを静めた。

「投げて！」の声で、祈りながら人形を谷底に投げ込むと、人形は途中で崖に当たりワンバウンドして岩石と共に谷底深く落ちていった。

金宇カメラマンを見ると、半身を切り立った崖に乗り出して撮影している。

助手は青ざめた顔で金宇さんのバンドをしっかり握り、歯を食いしばって必死に体を支えている。二人のバランスが崩れたら谷底へ一直線に落下する状態での危険な撮影は、場所を変え四ヶ所で続けられた。

山の日没は早いので三時には山を降りなければならない。再び崖づたいの小道をそろそろと下っていく、登りより降りる方がさらに危険です。

点々と明かりが灯っている村里に下山した時は昼間の撮影の疲れも手伝って両脚はガタ

ガタで、体は疲労困憊の極に達していたが心地よい安堵感に心底ホッとした。

撮影の心得

東宝映画三十五周年記念映画『日本のいちばん長い日』の衣装を私が担当することになった。助監督の話では、岡本監督が私を強く要望したそうです。

台本を開いて読むと、この映画は昭和二十年八月十四日の正午から、翌八月十五日の正午までの二十四時間における、日本の中枢部であった軍部と政府高官達の様々な懊悩と試練——そしてその極限の行動を時間の進行にしたがって描く、終戦秘話というべきドラマです。

阿南陸相役の三船敏郎が仮縫いのため衣装部屋に入って来た。すでに役作りができているのか、私服でしたが……身体全体から威厳を感じました。

三船が仮縫い用の軍服を身に付けて、鏡の前に立った。厳しい顔で……鏡の中の自分の姿をひと通り見て、「七・五・三ではあるまいし、こんな軍服を着れるか！」と怒り出した。

「これでは餓鬼大将だ！」

言われてみると、上衣丈が短く、前も心持ち丸くカットされた型になっていた。

三船は仮縫い用の軍服を無言のまま脱ぎ捨てると、私服に着替え憮然とした顔で衣装部屋を出ていった。こんな三船を見たのは九年間一緒に仕事をして初めてで、仮縫いに立ち合っていた助監督も唖呆然と三船を見送っていた。

私はこの時、三船がこの作品『日本でいちばん長い日』に懸ける並々ならぬ強い意思を感じました。


撮影の直前、私は意を決して「監督、軍服に汗の感じを出すので霧を掛けてもいいですか」と言うと、監督は迷わず即「いいよ、池ちゃんの好きなようにやって」と簡単にOKが出た。

私は台本を読んだ時から……「この作品は汗だ！」と思っていました。汗を上手に使って、重苦しく息詰まる長い一日、殺気立ち切羽詰まる長い一日を画面を通して表現したらどうだろうと考えていました。

役者の軍服に直接霧を掛けて演技の邪魔になるのでは、とか監督の演出に支障を来《きた》すかも……と迷ってなかなか言い出せず逡巡していたのですが、この最初のワンカットを逃すと、途中から急に汗というわけにはいかない。

汗の感じを出すので噴霧器で霧を吹き掛けると役者は一瞬身震いするが、汗の具合が落ち着くと、監督が「ヨーイ、スタート」を掛ける。

何回か撮っている内に役者も慣れて来て、霧を吹き掛けられるのを待ってくれるようになる。霧が軍服に滲み込んで、いい感じの汗になる。

若い陸軍将校の動乱のシーンはアップのシーン、ロングのシーン、一人でも多勢でも、全ての場面で霧を掛け続けた。カメラのフレームの中を八面六臂、噴霧器を持って無我夢中で駆け廻りました。

撮影終了した時、若い陸軍将校たち以上に私の身体は本物の汗でジグジグと濡れていたが、何とも言えぬ心地よい疲労と満足感にしばらくの間酔いしれていました。

玉音放送

天皇が登場するシーンを岡本監督がどのように演出し撮るか大変興味がありました。

撮影に入る朝、その日撮影するシーンの絵コンテのコピーがスタッフ全員に渡されます。

絵コンテを見て驚きました。天皇は全て後ろ姿で、正面や側面のカットは一枚もなかった。

撮影場面は宮城内の、望岳台下にある地下防空壕会議室で幅十八尺（約五メートル）長さ三十尺（約九メートル）のセットを再現して御前会議の撮影をしました。

この日のセットは朝から異様な雰囲気で、緊張感がセット一杯に張り詰めていた。

なかでも岡本監督が一番緊張しているようで、今まで私が見たことがないほど緊張していました。監督のピリピリ感がスタッフや役者に浸透しセット全体に凄まじい緊張感が張り詰めていました。

役者が決められた席に全員座り、ライティングやマイクのセッティングが終わると演技のテストが始まりました。スタッフも緊張の場に備えて誰一人動かず見守っています。

テストの合い間を見て、その場の雰囲気を壊さないよう細心の注意を払いながら私は役者の服装を整え廻ります。

霧を掛けて汗の実感を出さなくても、狭い室は五十キログラムもあるライトの熱気が充満していて、各役者の顔から自然と大粒の汗が吹き出している。

私は役者の服装を整えカメラの所に戻り、最後に天皇の後姿の服装を整えカメラ前から静かに身を引きます。

待っていたかのように監督の「ヨーイ、スタート」の声でカメラが廻り始め、一呼吸おいて、天皇の声「これ以上戦争を継続することは、わが民族を滅亡させることになる。すみやかに終結させたい」。

天皇の声だけが、穏やかにそれでいて威厳を持って鮮明に地下防空壕会議室に流れました。天皇の手、帽子等の画面にかぶさって天皇の言葉が流れました。

天皇の顔が映画化されないことで、天皇の言葉がより鮮明に心に響きました。

天皇役で出演した松本幸四郎も撮影当日は冷水を浴びて身体を清めて演技していました。

戦争体験のある岡本監督は役者が演じる仮の天皇でも、真正面から向き合って撮影することは、畏れ多いことでできなかったのだと思います。

切腹

阿南陸相の切腹シーンを撮影する一週間前に、岡本監督に小道具部の神保とスタッフルームに呼ばれ「阿南陸相の切腹の件はよろしく」と念を押される。台本には「廊下に座っている阿南、腹に短刀を突き立てる」とただ一行書いてあるだけです。

切腹の仕掛けは、三船の腹に鉛パイプを巻き、その鉛のパイプは短刀の刃先が入るように、真一文字に溝が切ってある。

短刀も刃の元が短刀の柄の中に入るように仕掛けがしてある。短刀を腹に当てて突き刺すと刃元が柄の中に入り、短刀が短くなり、腹に突き刺さったように見えるのです。

鉛のパイプの先にはゴム管が取り付けてあってもう片方は圧搾機に継いである。

二日ばかり費やして人形の腹に晒を巻いて短刀を突き刺し血のりがどのように向かい晒に滲み出るか、血のりはどれ位の量が必要か、また圧搾機を押して血のりがゴム管を伝わる突き立てた短刀までの速さ等々、納得がいくまで何回もテストを繰り返した。

陸軍大臣のいる官邸のセットは朝から緊張の連続でした。スタッフの口数も少なく、黙々と作業を行っています。三船も監督の指示に黙って頷くのみで、撮影準備中はセットの端でひとり瞑想に耽っており、近寄りがたい雰囲気でした。

撮影は順調に進み、阿南陸相の切腹シーンに入った。阿南陸軍大臣がワイシャツ姿のまま廊下に出て端然と正座し、かすかに眼を閉じたままで膝の上には細身の短刀が光っている。

テスト開始！　三船が白い晒を巻いた腹に短刀を突き立てるテストを何度となく繰り返す。

いよいよ本番です。

監督が腹の底から搾り出して「スタート」を掛けると、三船が腹に短刀を突き立て、突き立てた手に力を加えた。白い晒が赤く滲み、広がってきた。三船は一点を見つめたまま短刀を腹一文字にゆっくりと引き始めた。顔が段々と厳しくなり、眼は血走り、顔は真赤に変わり額に油汗が滲んでいます。

その姿は戦争犠牲者三百万人に及ぶ御霊《みたま》に向かって、その責任とお詫び、そして戦争の愚かさを死をもって償っているように見えた。

撮影現場は三船が阿南陸相に成り切って演技をしているのではなく、阿南陸相の霊魂が三船敏郎に乗り移ったような鬼気迫る雰囲気につつまれていました。

監督の「カット」の声が掛っても阿南陸相の体がゆらりゆらり静かに揺れている。

スタッフは呆然として誰一人動こうとせず、阿南陸相の揺れる姿に吸い込まれるように見つめていた。

私も撮影現場の雰囲気と強烈な感動に包まれ、じーっとこのシーンを見続けていた……

なぜか瞼が熱くなり膝の上にポタポタ涙が落ちるのを感じたが、身動きもできなかった。

反戦映画『肉弾』

岡本喜八監督がプロダクション（肉弾を作る会）を設立して映画『肉弾』を製作するとニュースが報道されました。注目していると、それ以上に驚く話が飛び込んできたのです。私とメーキャップの増田周保に監督助手で参加してほしいと岡本監督から頼まれたのです。突然の朗報で嬉しかったですが、吃驚仰天して何が何だか分かりませんでした。スタッフは撮影が村井博、美術阿久根巌、録音渡会伸、製作堤博康という錚々《そうそう》たる人達でした。

映画界で俗に言う「岡本一家」です。他に私を含めて関係者八名、それにみね子ママ（岡本監督夫人）の後輩早大演劇学科の女子学生二人、映画監督希望の大学生二人等合わせて二十一名の少人数のスタッフです。

主人公の「あいつ」役は早くから寺田農《みのる》に決まっているのですが、物語のキーとなる少女がなかなか決まりません。一般募集をして数十人と面接したが監督の眼鏡にかなう少女役は見つかりませんでした。

仕方なく四名をリストアップして再検討している時、児童劇団から少女役の面接依頼が来て急遽監督が面接をしました。結果、監督のイメージ通りの児童で少女役に決定しました。すぐ児童劇団側と出演交渉を開始したのですが、返事が来ません。

数日後、突然劇団側から少女の出演辞退の申し入れがありました。監督は愕然として声も出なかった。少女役が決まって俄然張り切っていた矢先のこと、ガックリと肩を落としている監督の憔悴した顔は見るだに辛かった。

監督のイメージする観音様のような清純な少女を求めて全員が探し廻りました。記録係が持って来た女の子の写真が監督の目に留まり、面接して、即、決定致しました。

天使のごとく現れた女の子が、後に大女優へと成長した大谷直子です。

直子は「肉弾を作る会」のスタッフに馴れるため監督の自宅に居候しました。

撮影に入ると監督の様相が一変しました。戦争を知らない若者たちへ、戦争がいかに愚かで無意味で悲惨な結末をもたらすか……「あいつ」を通してどのように訴えるかひたすら追い求めているようでした。

焼け跡の古本屋は病院の空家を阿久根さんが改良して、重厚で何とも言えない雰囲気をかもし出しています。「あいつ」役の寺田農、老夫婦役笠智衆、北林谷栄の演技が絶妙だった。他、大谷直子、父親役の天本英世、学校長閣下今福正雄、前掛けのオバサン春川ますみ、軍曹小沢昭一、カミサン菅井きん、憲兵中谷一郎、ヒゲの下士官高橋悦史、区隊長田中邦衛、モンペのオバサン三戸部スエ、それに汚穢屋の伊藤雄之助など、キャスティングが見事で短いシーンの中にも軽やかに役者の持ち味を出し切っていました。

南伊豆の伊浜で全員合宿ロケを行いました。

伊浜区民館の三十畳の大広間に雑魚寝です。交通の便が悪く、陸の孤島なので、『肉弾』を撮影するにはこの上ない絶好の条件です。砂浜は広々として、地方ロケにつきものの野次馬の姿もありません。

焼けつくような砂丘にはいつくばって演技指導する監督と撮影の村井さん、我々スタッフも砂丘に膝立ちし、低い姿勢で撮影を手伝う、カンカン照りの夏の陽射しの中、砂の照り返しで全員が汗ダクダクです。

夜の砂浜に出掛けて砂の上に寝転がるのもなかなか爽快です。夜は昼間の砂と異なって肌に優しい暖かさで、心温まる気持ちです。涼しい海風が爽やかに頬を撫でる。夜空は満天の星がキラキラ輝き、手を伸ばせば星一つ一つを掴めそうでした。

岡本監督の反戦に向けた強烈な迫力に影響され、物語の主人公「あいつ」と一緒に撮影を続けている内に、いつしか私もスッカリ「あいつ」に感情移入していました。

実写を見て、太平洋の真っ只中で、ひとり漂い続ける「あいつ」の骸骨姿を見ていると、留処《とめど》なく涙が溢れてきてどうすることもできません。

試写会で映画を観て、こんな姿になるまで、ただ一人で一生懸命に戦って日本を守ってくれたのか……と思うと胸が張り裂けそうで、涙が滂沱《ぼうだ》の如く流れ続け、目が霞み映像がよく見えませんでした。

天才役者

東宝映画の宣伝紙によると昭和三十年『へそくり社長』からこの『社長えんま帖』で三十本目という映画史上最高、最大、最長を続ける黄金ドル箱シリーズである。

森繁は台詞を覚えないままセットインするのが有名で、松林宗恵監督はそんなことは百も承知している。先ず引きのカメラポジションを通しテストを二、三回行う。

森繁は完全に台詞は喋れないが、芝居全体の感じはすぐに把握し、本番になる。本番中森繁が台詞を間違えても、とちっても、カメラは廻し続ける。森繁も心得たもので、芝居を止めることなくどんどん進めて行く。

台詞を間違えた所をカメラは寄って撮り直す。助監督は台詞をマジックインキでダンボール紙に書いて、森繁の視線に掲げる。森繁が右を向けば右に、左を向けば左へ各監督が台詞の書いた大きなダンボール紙を両手で支え高く掲げる。森繁はダンボール紙に書かれた台詞を見ながら演技をするが、これが抜群に上手でした。台詞を見る風でもなく、読んでいる風でもなく、自然に喋りながらの演技は誰も真似ができないほど見事で、これこそ天才芸だと感じました。

砧《きぬた》村（東宝撮影所）で働く者には森繁が話す都心（新宿、銀座）の情報は楽しみの一つでした。森繁は共演者やスタッフたちと銀座などで飲む機会が多く新情報が多々あった。森繁が朝、衣装部屋に入って来ると「昨夜、ナイトクラブの歌手の歌が何とも言えないムードがあり、肌が透き通るほど白くて、身震いするほどの色気があるんだよ」と話をした歌手が美輪明宏だったり、「銀座のバーで働いているボーイが、何語か分からない言葉でペラペラひとりで喋るんだが、これが本当の外国語かと思うほど上手で面白いんだよ」と話してくれたボーイがタモリだった。

ロケ隊はいつでも宴会ができます。宿泊している旅館の宴会場は使えるし、料理はスタッフの夕食に二、三品加えれば良い、後は酒を提供してくれるスポンサーがあれば宴会はできます。

宴会は照明部が音頭を取ります。「今日もこんなに飲めるのも、國場さんの御陰です。國場さんよ有難う！　國場さんよ有難う！」と五十余名の大合唱で始まります。沖縄の建設会社である國場組の関係者は参加してない。

森繁が最初に『地の涯に生きるもの』のロケ地、知床半島の羅臼に滞在している時に作詞作曲した「知床旅情」をアカペラで歌った。

しみじみとした渋い声と詞の内容が哀愁を込めて身に染み込んでくるようで感動した。

ＴＢＳ衣装の責任者から『王将』を森繁久彌主演で撮ることになったので、衣装担当してほしいとオファーがあった。私はテレビ局で仕事をしたことがないので、あまり乗り気ではなかったが、引き受けることにした。

衣装合わせ当日、ＴＢＳの衣装責任者がテレビのスタッフに私を紹介してくれましたが、スタッフはチラッと私の顔を見るだけで誰も話し掛けてはこなかった。同じスタジオで仕事をしている顔なじみのスタッフの中に余所者《よそ》が入って来るとリズムが狂うので、実際仕事がやりにくいのです。

衣装合わせの時もスタッフは私に対してよそよそしかった。森繁が顔を出すと、雰囲気が一変した。スタッフの皆が森繁に「おじいちゃん」「おじいちゃん」と慣れ慣れしく寄って来るのです。私はその光景に驚いた。東宝撮影所では「社長！」「社長！」と呼ばれていたものですから……

森繁はＴＢＳのテレビドラマのおじいさん役で『七人の孫』、テレビ朝日の『だいこんの花』等で全国の家庭で大人気だった。衣装合わせで、私は森繁に準備をした着物を見せた時、東宝撮影所に居るはずの私がテレビ局に居たので驚いた様子で「おお池ちゃん！」と言った。

台本を読み、着物も数点用意しておいたので、シーン毎に説明をしながら見せると、森繁は頷きながら見ています。演出家がその横で黙って見ている時、森繁は全部衣装を決めないで「池ちゃん、後は全部まかせる。そうそう、モジリを一着用意しといて！」と言うと付き人と一緒に部屋を出て行きました。演出家やスタッフ達は唖然として見送るだけでした。

森繁は初めてテレビ局で仕事をする私に気を遣って、その後、テレビのスタッフに「この人の仕事は信頼できるぞ！」と紹介してくれたのです。森繁とは『社長えんま帖』で一度だけ一緒に仕事をさせて頂いただけなのに私をよく覚えてくれたと感動しました。

森繁久彌は大衆芸能の分野で初の文化勲章を受章された偉大な俳優です。

怪優

三國連太郎は怪優、奇人等と称され、灰汁《あく》の強さと徹底した役作りをする俳優です。三十才で老人の役を演じた時、自分の歯を十本抜いた話等、エピソードは山ほどある。

稲垣浩監督が東宝で『戦国無頼』を撮ることに決まった時、突然、三國が監督に面会に来て「立花十郎太」の役は僕が演りますと立候補してきた。

俳優が直接監督に作品の役をお願いに行くことは通常映画界では考えられないことです。

私が三國連太郎と一緒に仕事をさせて頂いたのは、沢島忠監督作品『新選組』撮影でした。三國が新選組の芹沢鴨役で出演が決まり、衣装合わせを行うと、背の高い三國の足に合う黒足袋が無いので、両国で力士が履く白足袋を用意する。

撮影当日、三國に「白足袋で演じますか、それとも白足袋を黒く染めましょうか？」と聞くと、「いいよ、いいよ、素足で演じよう。芹沢鴨も素足だったカモ」と軽く駄洒落を言って撮影に向かった。

夜間、オープン撮影で冬の寒い日は草履から半分以上出ている足の指先を見る毎にさぞ冷たいだろうと気を遣っていたが、三國は冷えは気にしないで芹沢鴨に成りきり豪快に演じ、撮影は無事終わった。

最近、テレビドラマで若いのに渋い役柄で登場する「佐藤浩市」が三國の息子だとはこの業界にいてまったく知らなかった。

息子の名前は三國が映画界で最も尊敬する二人から一字ずつ頂いたと言う。佐藤浩市の浩は稲垣浩監督の「浩」で「市」は市川崑監督の市を、愛する息子の将来を考えて三國が付けた最大の親心だったのでしょう。

NHKの大河ドラマの『新選組』で佐藤浩市が芹沢鴨を演じていた。父三國連太郎の演技に勝るとも劣らない素晴らしい出来栄えだった。

血は争えないとつくづく感じました。

レッド・サン

三船敏郎が衣装部屋に入って来て、突然「池ちゃん、今度は連れて行くから」と一冊の台本を手渡された。私は何のことか分からず台本を手にしたまま突っ立っていると、今度スペインで『レッド・サン』の映画に出演することになったのでよろしくとのこと。赤くて部厚い台本の表紙には黒々と「レッド・サン」と書かれていました。

三船プロダクションのクルーは

三船敏郎＝黒田重兵衛
中村　哲＝坂口備前守
田中　浩＝名室源吾、三船のスタントマン
小林重大＝技髪、メーキャップ
佐藤袈裟孝＝小道具
池田　誠＝衣装の六名です。

それにアメリカの映画監督志望のアスカイ氏が三船のマネージャー兼三船プロダクションクルーの面倒を見てくれることになった。

撮影所のスタジオで三船（黒田重兵衛）とブロンソン（リンク）の扮装テストが行われた。

三船が鬘《かつら》を乗せ、メーキャップをして侍の礼装 裃《かみしも》姿の黒田重兵衛に扮した。三船の扮装は威風堂々として日本男児ここにありという感じで惚れぼれする姿形であった。

初めて見る侍姿に興奮したのか、外国人スタッフは口々にガヤガヤと凄く感動した様子で騒いでいる。テレンス・ヤング監督だけは納得した表情で黙って見ていました。

チャールズ・ブロンソン（リンク）が薄汚れた、ジーンズのズボンにジャケットとダークブルーのオープンシャツに腰にピストル姿で室内に入って来た。何の変哲もないカウボーイスタイルだった。

私はその扮装を見た瞬間に黒田重兵衛に比べてリンクの衣装は見劣りして貧弱に感じた。

グランドキャニオンを思わせる平原に建てられた山小屋のオープンセットの撮影です。

黒田重兵衛が殺気をみなぎらせ、山小屋に駆け込むシーンをクレーンを使って大移動する撮影です。

テスト前に小林と私が三船の扮装の手直しに入ると、昨夜遅くまで飲んだ酒の匂いがプンプン鼻を突く。明らかに二日酔で、足元もフラフラしています。心配になり「大丈夫ですか？」と声を掛けると、三船は肩を怒らして「オッ！」と一言。テレンス・ヤング監督の声と同時に小林と私はフレームから出て、隠れる。カチンコの音で三船が駆け出すと、ドタバタとまるで千鳥足で走る三船の姿は見る影もない。それでも駆けながら羽織を脱ぎ捨て山小屋に駆け込む。

監督のカットの声で小林と私が急いで駆け寄ると、三船は顔を真赤にしてハァハァと肩で息をしていた。二人は阿吽《あうん》の呼吸で三船の扮装の手直しを態《わざ》とゆっくり、ゆっくり始める。先ず小林が三船の鬘を取り頭から吹き出している汗をタオルで丁寧に拭き取り、鬘の髪の乱れを櫛で直す。次に私が羽織の仕掛けを時間を掛けて作り、羽織を着せ、着物を整え、衿元を正し、三船の体力が回復するのを待ってから離れる。その間、三船は「悪いな！悪いな！」と何度も言う。

二回目のテストも三船は全く同じ状態です。こんな姿を目の当たりにして、これが世界の三船かと情けなくなった。各国のスタッフに肩身の狭い思いがする。

ここが正に世界の檜舞台なんだぞ！　三船敏郎しっかりせいと心で叫びながら……羽織をゆっくりゆっくり手直しする。

世界屈指の監督なので、このような三船の演技になかなかOKを出さなかった。

三回、四回とテストを重ねる毎に、昨夜飲んだウイスキー一本分の汗を流したのか、三船の酔いも覚め、次第に体力が回復し、目にも殺気が帯びて来た。

五回目のテストを終え、本番は一回でOKとなり、ハラハラした撮影は無事終了した。

大スターの苦悩

一日のロケ撮影が終わり、ペンションに帰りシャワーを浴びると、小林はすぐ今夜飲む酒の肴《さかな》を作ります。

肴が出来上がると明日の撮影の打合せを行いますが、四人で三船ひとりの身の廻りを見ればよいので至極簡単です。打合せが終わる頃、三船がウイスキーのボトルを一本ぶら下げて来ます。それから小宴会が始まる。宴会といっても四人はビール一杯程度でほとんど飲めない下戸です。飲むほどに三船のテンションが上がり熱気を帯びてきます。

「ブロンソンの大根役者！　台詞もまともに喋れねえ癖に……何が……ウーン、マンダムだ！　バカヤロー！」「リンク役は初めクリント・イーストウッドだったんだ！　スケジュールが取れなくてテレス・ヤングが連れて来たから、仕方なくOKしたんだ！」と声を上げます。

映画『レッド・サン』は三船敏郎の映画で、そのため三船には強い権限が与えられており、監督や相手役等全て三船の承認を得ることが必要です。三船がブロンソンを嫌うのは、彼が撮影直前に監督と話して自分の台詞を変更することです。

三船は自分の台詞はもとより、相手の台詞も暗記してから演技に入ります。ブロンソンが勝手に台詞を変えるため、テンポがつかめないのです。

監督やスクリプターは三船は英語が話せると思っているので、ブロンソンの台詞が少し変わったことは知らせないのです。

そのようなわけで夕食後の小宴会は日毎にエキサイトして三船のワンマンショーになります。幸いなことに三船の酒量がシーバス一本だけで終わってくれたので、初日ロケの時のような撮影現場での醜態はありませんが、最後は大声で怒鳴り散らしていました。

頃合いを見て三人が「明日撮影がありますので……」と言って部屋に帰って行く。残っているのは三船と私だけです。

三船は手酌でウイスキーをストレートで飲む。

「そろそろこの辺で止めましょう。明日も撮影がありますから……」と言うと、三船は恨めしそうに私の顔を見ながら両手を合わせ拝むように「池ちゃん、もう少し飲ませて！」と懇願する。ボトルには酒が五センチ位残っています。

三船がやっと酒を飲み干し、ヤレヤレと思っていると、突然大きな声で英語を喋り始める。明日の撮影予定シーンの台詞です。酔っ払って無意識で喋っているのか、天井に向かって目をカッと開き、肩を震わせ語っている様子は一種異様な光景です。

大スターになるには本人の能力は当然のこと、運も必要でしょうがそれ以上に人には言えない苦労と並々ならぬ努力が必要なのでしょう。

一通り英語の練習が終わると、三船がスックと立ち上がり、「池ちゃん悪かった、有難う」と言い残して室を出て行った。

千鳥足ではなくしっかりした足取りなので明日の撮影は大丈夫です。

感動のラストシーン

小道具係の佐藤袈裟孝氏は撮影期間中は宝刀の管理をひとりでしていて誰も触らせなかった。

ラストシーンの撮影は三船さんが出演しないので、技髪の小林氏、スタントマンの田中氏、私も撮影現場には行かなかったのでどのような撮影がされたのか知りません。

後日、試写室でラストシーンを観ることができた。

ラストシーンでブロンソンが何事もなかったように馬に跨り颯爽と去って行くと……カメラがパーンアップして……電線に吊るされた宝刀が青空の中で心なしか静かに揺れていた。

私はその光影を見て一瞬心臓が凍ったような強い衝撃を受け揺れる宝刀を凝視しました。

テレス・ヤング監督が撮影期間中、三船敏郎の演じる侍の生き様に深く感銘して、最大限の尊敬と敬愛を込め、日本人の美しい心を全世界に発信した映画史上永遠に残る、感動のラストシーンだった。

私は『レッド・サン』の製作に参加することができ、大変幸いなことだと思った。こんな素晴らしい映画のいちスタッフとして寄与したことに誇りを持ってこれからの人生過ごしたい！

四大スターの競演

日本映画界の超大物俳優、三船敏郎、中村錦之助、勝新太郎、石原裕次郎の四人が、五社協定の枠組みから外れて映画を製作することになりました。製作は三船プロダクション、配給東宝映画、監督は稲垣浩です。

台本の第一稿が出来上がり、三船プロのスタッフルームに集まって、台本を読んでいた時、ひょっこり稲垣監督が顔を出しました。「どう?」とスタッフに感想を聞いたところ、誰も感想は言わなかった。すると、監督が「この本では駄目だ、私が書き直すから」と言い残して帰って行きました。

一週間後『待ち伏せ』の決定稿がスタッフに手渡されました。脚本、藤木弓（稲垣浩）、小国英雄、高岩肇、宮川一郎です。

この作品の内容は、ある事件に巻きこまれた浪人の話です。

その事件のために、何も関係がない者たちが、生死の境地に立たされる。この物語は、そうした恐怖のなかの人間たちの弱さと、意外な勇気と哀れさといったものを描写しています。

一軒の峠茶屋のなかに場面を絞ったのも、閉じ込められた不自由さを作者自身も、もがき苦しみながらそこから脱出することを、作中の人物とともに考えたく思ったからである。そして雪のなかの峠路を背景に選んだのも、できるだけ余分なものを視界に加えたくなく、また峠の茶屋での人間臭さと、自然の雄大さを対比して見せようとしている。

稲垣監督は各スターが今までの出演作品で築き上げて来た、強烈なイメージを壊さないような役柄と個性、それ以上に役者として新しい魅力を個々に引き出そうと考えられていたに違いありません。

セットでの巨匠は悠然として、独特の雰囲気を醸し出していた。スタッフの多くは興奮気味で、収録で差し出すマイクの竹竿が心なしか揺れていた。そんな助手たちの懸命な働きを巨匠は満足そうな顔で見ていました。

四人のスターたちは一回目のテストが終わって椅子に腰掛け無言のまま、台本に眼を通していた。通常スターたちはマネージャーか付き人を連れてセットに入るが、今回は三船に気を遣って誰も付けていなかった。

本番の撮影は四人共一回でＯＫになる。スターが一緒に撮影した時、不思議と本番でＮ

Gを出したのを見たことがありません。

たまにNGが出ますが、それらは大抵カメラマンか録音技術部のスタッフのミスでした。

中村は朝スタジオに来ると、先ず衣装部屋に顔を出し挨拶をしてから本館の俳優控室に入る。頃合を見て私が衣装を着せ付けて行きます。

勝の場合は直接本館の俳優控室に入ります。演技事務係から電話が入ってから、控室に衣装を届けると、勝は自分で衣装を着てセットに入ります。

石原は直接、衣装部屋に来てくれるので私が着付けをします。石原はあまり時代劇に出演していないので心配でしたが、さすが大スター、衣装の着こなしも上手で様《さま》になっています。

三船は四人の中では一番最後で、直接衣装部屋で着変えてセットに入ります。

セット撮影の巨匠は終始穏やかで表情は優しさに満ちており、精一杯楽しんでいるようでした。演技指導もベテラン俳優たちが巨匠の指示通り演技を完璧に演じていました。

そんな巨匠を見て一瞬私の脳裏に、もしかしてこの『待ち伏せ』の作品を最後にメガホンを置くのではとの思いがよぎったほどです。

上映後、観客動員は作品の出来の割には、予想ほどの成績ではなかった。

私はこの作品を通して、日本映画界も一つの転換期に来たのではないかと感じました。

三船さんとは黒沢監督作品『隠し砦の三悪人』から『男対男』『ゲンと不動明王』『忠臣蔵』『大盗賊』『奇巌城の冒険』『キスカ』『黒部の太陽』『日本のいちばん長い日』『赤毛』『新選組』『レッド・サン』『待ち伏せ』の十三作品で衣装を担当しました。東宝の男優のなかでは一番多くご一緒しました。感謝、感謝で一杯です。

スターの死を偲んで

絢爛豪華で大変騒がしい、NHKの年末行事、紅白歌合戦を観た後、暮れの風物詩の由緒ある寺の除夜の鐘を聞きながら、平成二十二年、新たな年を迎えました。

新年最初のニュースで突然、大女優高峰秀子の訃報を知りました。

憧れの大女優高峰秀子を知ったのは、私が小学二年生の時だった。学校から観に行った映画『二十四の瞳』の中活躍する大石先生で、子供心に強烈な印象が残っています。『二十四の瞳』を観た小学生時代から二十余年が過ぎ、私は東宝映画撮影所で衣装係の仕事をしていた一九六一年、成瀬巳喜男監督作品『女の座』の衣装担当であの大石先生（高峰秀子）と一緒に仕事ができることになったのです。

撮影初日、大部屋の女優五人の着付けが終わった所で高峰秀子が衣装部屋に入って来ました。高峰が自分で着物の裾を整えると、私が襦袢の衿と着物の衿を片手で合わせ持って、腰紐を高峰に渡す。その時、私の動きが一瞬止まりました。すると後ろも見ないで高峰に「衣装さん、どうしたの?」と怪訝な声で聞かれました。実は高峰の手に私の手が触れたので吃驚したのでしょう。憧れの女優を目の前にして気持ちが上気していたのでした。我に返ってそれ以後は腰紐を高峰にシッカリ渡しました。次の腰紐、伊達締めと着付けが進み、帯結びです。

高峰が鏡を見ながら帯の柄の位置を決めた所で、私が力強く帯を締め結ぶ。帯の太鼓の大きさを決め、帯留を帯の中を通して高峰に渡す。高峰が帯留めを結び時、ずれないよう私が指で押さえると同時に高峰が力強く絞める、帯結びは阿吽の呼吸が必要です。

五十余年も経った今でも高峰秀子と聞けば、この日の出来事が鮮明に思い出されます。午前中のセット撮影が終わり、スタッフ、俳優達が昼食を食べに社員食堂に行きます。私は遅れて後から向かっている時でした。突然、皆がゲラゲラ笑い出したのです。何かと思い振り返って見ると、高峰が私の後から歩き方を真似て歩いているのです。

当時、私は痔で、セットを往復するのも大変だったのです。痛みに堪えるため、お尻を無様に突き出し、ピョコタン、ピョコタンと歩いていたのです。

着物姿の高峰が裾を持ち上げ、腰を屈め尻を突き出して歩く格好を見て、私も痛みを忘れ思わず笑いました。

高峰秀子は真面目な外見とは違って意外に茶目っ気のある女優です。

『戦場に流れる歌』の打ち上げを松山善三監督宅で行った時、出演俳優五名と私が呼ばれたことがあります。テーブルには高峰の手料理が並べられていて、次から次へとめずらしい料理を高峰が運んできます。料理を運ぶ以外は顔を出しませんでした。そこには女優の姿はなく、監督の妻として、お客様を甲斐甲斐しくもてなす姿を見て感動しました。

一九七九年高峰秀子は松竹大船『衝動殺人　息子よ』の映画を最後に女優を引退し、文筆活動に入り、多くの随筆集を出版しています。

監督と俳優の闘い

久し振りに撮影所をブラブラ歩いていると、第二スタジオの前で顔見知りのステージマンに声を掛けられた。

「池チャン、三船さんが出ているよ」

スタジオ入口の黒板に「黒沢組」と書いてあるのでこのスタジオは黒沢組が使用している。『用心棒』の撮影です。

撮影所の人でも関係者以外は勝手にスタジオ内に入ることはできません。私は小さな潜り戸を音がしないように開いてスタジオに入りました。用心棒の三船敏郎と眼が合い、軽く会釈して足音を忍ばせてカメラの後方に行きました。

周りのスタッフは誰も気付いていません。本番前の準備に全神経を集中しています。用心棒が敵側の破落戸《ならずもの》（悪漢）たちに捕えられて、土蔵の中で身長二メートルの破落戸（羅生門）に痛め付けられているシーンです。

私がセットに入った時はテストが終わり丁度本番前でした。

黒沢監督が押し殺した声で「ヨーイスタート」声を掛けると、三船が小走りに勢いを付けて大きな木の葛籠《つづら》に体ごとぶつかる。ガーン、ドドッと鈍い音……。「カーット！」と監督。しばらく間を置いて「三船チャン申し訳ない、フレームからハズレタ……もう一回」三船は黙ってうなずく。

何回か軽くブッカリのテストを行い……再び本番です……三船は前より勢いよく木の葛籠に向かって身体ごと飛び込んだ。三船は痛そうな顔で黒沢監督を見る。「……」監督は表情一つ変えず「体がフレームから出たのでもう一回」と言う。

三船は不満な顔でカメラの後方に居た私の横に来て、低いドスのきいた声で「バカヤロウ……俺だって伊達に俳優を何年もやってんじゃねえよ。フレームから出ているか、出ていないかくらい分かるわい」と言いながら息を整えている。

「テストなしで本番行きます」助監督の上ずった声……。

スタッフ全員の息が止まった。第二スタジオが死んだよう。ミッチェルカメラのフイルムを巻く音だけが不気味に聞こえる。黒沢監督のひときわ大きな声「ヨーイ……スタート」三船が一呼吸おいて力強く駆け出す。「ガッーン、ゴキッ」と骨が砕けたような音がして三船が無様な格好でひっくり返っていた。「……OK！」監督の明るい声が響いた。

三船は黙って右足を少し引き摺《ず》りながら何事もなかったように第二スタジオの潜り戸を背を屈めて通り抜けていった。

監督と役者の凄まじい闘争シーンを目の当たりにして、私と全スタッフが誰一人動かないで固まっていた。

「お疲れさまでした」

ステージマンの声と同時に第二スタジオの大扉が開かれ外の陽がスタジオの中に射し込み、スタッフが出て行く。

三船用心棒が足を引き摺りながらスタジオを出て行った後姿が私の眼に焼き付いている。

昔の大スター

三船プロで『荒野の素浪人』の衣装を担当していた時のことです。

ゲストで東映のスター俳優大友柳太朗が出演することになりました。大友柳太朗といえば新国劇時代、舞台で辰巳柳太郎と共演したとき、一定の場面になると台詞に詰まり、次の台詞が出てこない。辰巳が続きの台詞を全部言って、こう言いたいんだろうと芝居を続けた。他の共演者もその場面になると舞台の袖に集まり、その状況を観て楽しんだという伝説がある。

また、国際放映で時代劇の衣装合わせのとき、自分がイメージする衣装がなかなか見つからなくて、天井に届く量の着物を積み上げてみたが決まらなかった。

水戸黄門のキャスティングが決まったとき、水戸黄門は誰が演るのかと聞き、西村晃だと聞くと……西村は悪人役で私が何度も切った役者だ、そんな役者の下で働くのは嫌だと言って役を下りたと、色々とエピソードの多い俳優です。

大友が衣装合わせで部屋に入って来るなり、興奮気味に『レッド・サン』を観たかといきなり聞かれた。「日本映画界も『レッド・サン』のような映画をどんどん作らなければ！」と息巻く……今までに『レッド・サン』を観たという役者に会ったことが無いので、『レッド・サン』に関わった私は大変嬉しかった。

私は三船社長と一緒に衣装担当スタッフとしてスペインに渡り撮影に参加したと話すと昔の大スターに尊敬の眼で見られた。

一時間ばかり『レッド・サン』の話をして、あの作品のスタッフなら私の衣装は任せると、着物を一点も見ないで帰って行きました。途中、電話で刀を見るのを忘れたので、見ておいてと言うので、『レッド・サン』の小道具スタッフがすでに東映撮影所で使った、先生の刀を取り寄せていますと伝えると安心した様子だった。

老いたりといえども、映画界の往年の大スターがこのような考えなら、日本映画界もまんざら捨てたものではないと感じました。

私が勝手に新反物で作った着物を嬉しそうに着て、満足そうに演技をしていました。

役者・俳優の付け届け

花柳界、芸能界の世界では昔から下働きやスタッフに「付け届け」をする習慣があります。舞台出演者で付け届けのない役者の履物を嫌がらせに隠したという話もあるくらいだ。昔の裏方は給料が安く、役者の付け届けが生活上どうしても必要だったのでしょう。最近は芸能界も改革され東宝関係の舞台楽屋や、スタジオの俳優控え室には「スタッフは東宝の社員です。付け届け等はご遠慮下さい」と貼り紙がしてある。

それでもスタッフに付け届けをするケースがよくあり、その渡し方も役者や俳優によって違っています。

東宝の往年の大スター上原謙はスタジオで撮影中、「衣装サン、衣装サン」と呼んで、千円札を四ツに折って手渡していた。加東大介、沢村貞子、草笛光子は台本を借りに来て、全撮影が終わった時に返してくれる台本にお祝儀袋が挟んである。平幹二郎は作品の打ち上げパーティで、花瓶をスタッフに贈り、その内に手書きの礼状と金一封が入っていたという。浪花千栄子は当時大阪でレギュラーのラジオ番組を持っていて、映画の撮影で東宝と大阪を行ったり来たりしていた。その都度付け届けを渡してくれ、それも一万円だった。当時、給料は七千円で、残業をしても一万二千円程度ですから、大変な額です。

ＣＭの仕事で高橋悦史からお呼びが掛かった。何年振りかの再会でＣＭ撮影が終わり着物と袴を畳んでいると、高橋が遠慮気味に封筒を出し「無名時代から池チャンには良くして頂き感謝していました。何かお礼をと思っていたのですが、生意気に思われるのではないかと我慢していました。やっとお礼ができる所まで来ました」と渡してくれました。

私は高橋悦史の付け届けより、俳優としてここまで昇りつめた、高橋の才能と努力の方が嬉しかった。

付け届けとは別な方法もあります。

「奉賀帖」を俳優達に廻すのです。当時衣装部が撮影がない日に団体で旅行することになり「奉賀帖」を廻しました。男優では最初に三船敏郎に持って行くと三船は気持ち良く五万円書き込みました。それを見た鶴田浩二も、三船が五万円なら俺もと言って五万円書き込みます。男優十五人で三十万円にもなり、おかげで旅行も充実し衣装部全員が大満足でした。

映画全盛期の良き時代にはこのようなことがありました。

人生が百八十度転換

森谷司郎監督作品『漂流』の主役、北大路欣也が着る衣装を汚していると、東宝映像美術の坂井靖史常務が顔を出す。

「池田！　ディズニーランドへ行くか？」

「ディズニーランドに行くかと言われても……年が明けたら石垣島でロケですよ」

「遊びに行くのではないよ！　浦安にディズニーランドを造るので、衣装担当の研修を受けに行くんだ」

「ウソでしょう！　そんな話を聞いたことがありません」

「行く決心がついたら……明日、新宿の三井住友ビルでディズニーがプレゼンテーションを催すので聞いてこい」

「……」

「出席者の登録をしておくから」となかば強制的に言われた。

人の運命は不思議なものです。「行くか」「行きます」の二つの言葉で人生が百八十度変わるのです。

一九七九年、東宝の子会社京都衣裳㈱からオリエンタルランド㈱へ出向することになりました。

女性社員に案内されて部屋に入ると、十五、六の机が雑然と並べられていて六名ばかりの社員が机に向かって作業をしていました。上司に紹介されることもなく、部屋の片隅に机が二、三置ける空間の場所で「ここに池田さんの机が入ります。机は明日搬入する予定です」と説明してくれました。

高橋社長もオリエンタルランド㈱に入社した時は、部屋はなく京成電鉄本社の株式課の隣りに机が三つ置いてあっただけで、六十才を超えた総務部長という肩書きのおじさんと、高校を出たての若い女の子の三人だけだったのです。

ウォルト・ディズニーも最初は車庫でアニメの作業を始めたと、本で読んだことがあります。

衣装担当がいないので、衣装に関する案件が来ると、企画課の小川淑久がその都度作業を行っていたようです。

私が東京ディズニーランドプロジェクトの衣装担当として入社したので、正式に小川と二人で衣装関係の作業をすることになりました。

最初は二人でも、仕事に対してやる気と信念があれば必ず成功すると……未来に思いを馳せました。

ロサンゼルス空港で辞令

一九八〇年一月二十一日、高橋政知社長をはじめ、会社関係者、研修生の各家族に見送られ、上沢昇取締役以下六名がディズニーランド研修予定者百五十人の先陣を切って、夢と希望を胸に夜の成田空港を後に一路ロサンゼルスに向かって飛び立ちました。

時代の違いはあれ、六三〇年（舒明天皇二年）中国の先進的な技術や政治制度や文化ならびに仏教の経典等の収集のため唐に派遣された使節団のような心境でした。

我々六名は現代の遣唐使なのです。ディズニーランドの良いところを全て持ち帰って、立派な東京ディズニーランドを浦安に造るのだと心に誓いました。

ロサンゼルスの空港を出ると、燦々と輝くカリフォルニアの太陽が我々一行を迎えてくれました。空港の駐車場にはディズニーランドの迎えの車が一台止まっていました。長谷川芳郎常務が颯爽と新車のキャデラックを飛ばして現れました。

長谷川常務が、口頭で研修生に辞令を出しました。

「奥山康夫　運営、トゥモローランド、ファンタジーランド。松木茂　人事部。田上靖史　アドベンチャーランド。大和真　ユニバーシティ。池田誠　ワードローブ」

炎天下で会社辞令を頂くのはサラリーマン生活で初めてです。随分変わった会社です。研修生は帰国後予定されている担当部門のマネージメント責任者として必要な研修を受け、それぞれの業務の中枢に就く役割を担っていました。

私の研修目的はオペレーション、エンターテインメント、ＡＡＦ等のコスチューム製作、管理、運営を完全に修得し、帰国後それらの業務を開業に向けて確実に遂行することでした。

ディズニーランドの迎えの車と長谷川常務の車に六名が分散して乗り、アメリカで九ヶ月間生活するペンション、カーサマドリードに向かいました。長谷川常務の運転する車で、研修を受ける時点で私が一番気になっていることを聞きました。

「常務、コスチュームはアメリカで作るのですか、日本で作るのですか？」

「池田君はどちらが良いと思う……」

「オープン後のことを考えると、日本で作った方が良いと思います」

「じゃあ、日本で作ろう！」

「分かりました。その方向で研修を致します」

この指示で、ディズニーランドの研修もさることながら、私の場合はディズニー側との協議が優先しました。まず、コスチュームの製作は東京ですることをディズニー側に理解させることです。

ウェルカムパーティ

研修生六名は、会社から提供された新車シボレーでディズニーランドに行きました。クラブ33で我々六名の研修生のために、ディズニーランド側会社役員をはじめ、ディレクター、マネージャー総勢三十五名で盛大にカクテルパーティを開催してくれました。ディズニーがこのプロジェクトに懸ける意気込みを強烈に感じました。

上沢取締役をはじめ研修生五名が一人ひとり紹介されました。

ディズニーランドはディック・ヌーニス社長、ロン・ドミンゲス副社長、ジム・コーラ東京プロジェクトセンター長、他各ディレクターの紹介がありました。私が研修を受けるワードローブのディレクター、ボブ・フェルプスもこの時初めて紹介されました。

全員の顔と名前は到底覚えられません。どうせ研修の時に分かるだろうと真剣に聞いてはいません。

カクテルパーティにはお酒が出ます。ディズニーランドは酒は飲めないし、販売もしていないと聞きましたが、クラブ33は例外です。こんなところがアメリカらしいと感じました。

子供の握り拳ほどの大きなイチゴ、大根を輪切りしたかと思わせるようなロブスター。日本と比較すると全て大きなものばかりです。

クラブ33の会場は薄暗く落ち着いた雰囲気をかもしだしていました。

通訳にお願いしてまでも話す話題も見つからないし、研修をまだ受けていないので、質問する案件もありません。間が持たないので、ひたすら大きなロブスターを口一杯に頬ばって食べていると、ディック・ヌーニスが来て、私を肩越しに抱えるように話し掛けてきました。

ディックは学生時代アメリカンフットボールの選手で全国大会にも出場したほどです。体格も良くプロゴルファーのジャック・ニクラス似の人物です。この大男に突然襲われたら逃げられないだろう……私も柔道の心得はあるが役に立たないだろう……と不謹慎なことを考えていました。

「MIKE（マイク）、ディズニーランドで大切なのは〝コスチューム〟とランドスケープの仕事だよ」と教えてくれました。ディズニーランドの研修に来て初めて教わったのが、ディック・ヌーニスのこの言葉でした。

ディックに初めて「ＭＩＫＥ」と呼ばれてディズニーランドでは私は「マイク」なのだと認識するありさまでした。まだ、研修モードには入っていない状況でした。

ワードローブオフィス

今回、初めて私が専門研修を受ける、ワードローブのオフィスに行きました。

ボブ・フェルプスが、私に、今までどんな仕事をしていたのか聞いてきました。私は二十年間映画の衣装担当として約六十作品に参加したこと、『レッド・サン』の撮影でスペインに渡り、三船敏郎、チャールズ・ブロンソン、アラン・ドロンと一緒に仕事をしたこと、日本映画の衣装の役割等を掻い摘んで説明しました。

ボブもディズニーランドに来る前は、映画界で私と同じような仕事をしていたとのこと。お互い国は違っても同じだと分かり、すぐ互いに理解し合うことができました。

彼はゴルフが好きで、話の途中でよくゴルフの話をします。特にプロゴルファーのジャック・ニクラスのファンで、二人でプレーをした時、ジャックの目の前でバーディを取ったのを自慢げに話していました。

アナハイム近郊にある、コスチュームセンターにボブと一緒に行きました。オペレーションコスチュームのデザイナーのトム・ピアースとマネージャーのパーム・ルーニィが待っていて、ボブから紹介されました。

トムは十八年間にわたり、映画、テレビ番組のコスチュームのデザインを担当し、ディズニーランド（カリフォルニア）、ウォルト・ディズニーワールド（フロリダ）のコスチュームのデザインをしました。

パームがコスチュームを製作した時の経験や苦労話を聞かせてくれるのですが、話の途中、途中でこんなことは日本ではできないでしょう、とか、これは日本では無理でしょうとか、日本の繊維産業を見くびって、恰《あたか》も日本では何もできないと決めつけて話すので、私は全て反論しました。「できる。できる」の一点張りでした。

トムは私たち二人の激論を交わす姿をどのように感じているか分かりませんが、笑顔で黙って聞いていました。

お互い確証のないまま激論を交わしましたが、初めは日本でコスチュームの製作ができる方向に進めばこれで良いと自分勝手に納得していました。後日、通訳のミキさんが「マイクが大風呂敷を広げて話すので困った」とパームが呟いていたと教えてくれました。

アメリカでも「大風呂敷を広げる」という表現があるのかと驚きました。

私の大風呂敷が功を奏して、マイクが日本でコスチュームの製作ができるというなら、日本の繊維産業を一度観察してみる、ということになり、二月二十三日から約十日間のスケジュールでボブとトムが東京へ出張することになりました。

長谷川専務と約束した「日本でコスチュームを製作する」方向の第一歩でした。

日本繊維産業の視察

ボブ・フェルプス、トム・ピアースの日本繊維産業の視察は、M物産、縫製業者のH社それぞれ担当者と私の三名で行いました。

視察初日は新潟にある、H社専属の縫製工場から始めました。お互いの紹介はそこそこにして、今回の視察目的を話しました。

私が浦安に東京ディズニーランドを設立するため、アメリカでディズニーランドの研修を受けていることを説明し、東京ディズニーランドで着用するキャストのコスチュームは東京で製作したいと申し入れ、それなら、日本繊維産業を視察したあと結果良否を判断する、そのためワードローブ・ディレクター、ボブ・フェルプス氏とコスチュームデザイナー、トム・ピアース氏と共に一旦帰国したと説明しました。

縫製工場の関係者は、ディズニーランド二名の視察より、浦安に東京ディズニーランドが設立される情報に大変興味を示しました。

今までは断片的に入って来る情報ばかりで、信用していなかったようです。現実にディズニーランドのコスチューム責任者から目の前で具体的な説明を聞いて、本当に浦安に東京ディズニーランドができるのだと感動していました。

縫製作業所は、数十台のミシンが縦四列に並び、ドドドと軽やかなミシンの音と共に全て流れ作業で進んでいました。袖を縫製する人は袖だけ、胴体を縫製する人は胴体だけと分業です。作業の流れの終着は完成された上衣の仕上がりです。ボブもトムも作業の流れを熱心に見ていましたが、驚いた様子はありません。私の方が初めて見る縫製システムの素晴らしさに感心していました。

ボブが製品の検査所で出来上がった上衣を手に取り、難しい顔でチェックしていましたが、みんなの方に向いて、親指を前に突き出して「ベリーグッド！」。

周りから自然に拍手が起きました。

福島の縫製工場を視察した時、郷土料理の店で食事をしました。

トムがテーブルに並べられた料理の一品を指さして「これ、何？」と聞きました。

M物産の担当者が蝗《いなご》を煮て作った料理だと言いました。昔、日本の侍が、タンパク質を取るためよく食べたと説明しました。トムは侍と聞いて興味が湧いたのか、自分も食べると言い出しました。

新潟の縫製工場で弁当を出してくれた時、甘露煮の小魚（鮒）を見て「魚が俺を睨んでいる。怖い！　怖い！」と言って、目を手で覆ってまともに魚を見られなかったのに……。トムは皆が見ている前で、竹の割り箸を器用に使い、蝗を一匹摘んで躊躇なく口に入れました。おいしいとも、まずいとも言いません……。一呼吸おいてトムが「侍になった気分だ！」と胸を張りました。

日本の文化

観光で日本に来た外国人に日本の印象を聞くと、〝フジヤマ〟〝ゲイシャガール〟と異口同音に答えます。なんと真の日本の良さを知らない外国人の多いことかと、聞いて情けない限りです。この現状は外国人だけが間違っているのではなく、日本の観光案内人の責任もあります。〝富士山〟は良くても〝芸者〟は余りに見世物的で歓楽的に感じます。置き屋の風習も立派な日本文化の一つですが、日本にはもっと外国人が喜ぶ素晴らしい文化が各地にあります。

ボブとトムを浅草の浅草寺に案内した時、参拝人の多さに驚いていました。仲見世通りでは、参道の両側に並ぶおみやげ店を一軒一軒童心に返り、珍しそうに見ていました。

浅草寺の境内で参拝者が線香の煙を両手で呼び込んでいる光景を見て「皆何をしているの」と聞かれました。

「参拝者は線香の煙で身を清めます。それに煙を浴びれば一年中無病息災で暮らせると信じています」

鎌倉に観光で行った際には、巨大な大仏様に驚いていました。二百余年のアメリカ文化のなかで、巨大な銅像はニューヨークのリバティ島に建立されている〝自由の女神〟くらいです。

巨像は往々にして、宗教の世界で多く見られます。信仰する像は巨大な方が御利益を受けられると感じるのでしょう。

遠足で来ていた小学生のグループに囲まれて、ノートにサインをせがまれていた二人の邪魔にならないように、少し距離をおきました。ボブもトムも小学生たちの要求に満更でもない様子でした。

二人はディズニーランドで働く前はハリウッドで映画の仕事をしていたので、映画スターがたくさんのファンに囲まれてサインをする姿をよく見ていました。子供たちのサイン攻めにあいスター気分だったのでしょう。子供たちが去った後も、ニコニコ顔で上機嫌でした。

純粋な気持ちで国際親善に協力してくれた小学生たちに感謝します。ありがとう。

サンプルが来た

アメリカのレーガン大統領が訪日した際、中曽根総理と一緒に会食した麻布の焼き鳥屋をM物産が予約をしてくれ、ボブとトムのお疲れ食事会を催してくれました。

レーガン大統領の額入りサインや中曽根総理大臣のサインを観て、皆、少々興奮していました。席に座って今や遅しと店員が顔を出すのを待っていました。店員が注文を取りに来て、皆の席を見廻して、ボブが座っている席を指差して、その席がレーガン大統領がお座りになりましたと説明しました。

突然、ボブが飛び上がり、直立不動で最敬礼したので、皆、驚きました。

どの国の国民も、その国の大統領や首相を尊敬し憧れるものだと感心しました。

ボブの人間性を垣間見ることができた一瞬でした。

二次会でボブとトムを連れて、こじんまりしたクラブに入りました。ソファに座ると、若いきれいな女性が、ボブとトムの隣りに座ってビールを注ぎます。二人共そわそわと落ち着きのない様子でした。

私がトイレに行って帰って来ると、二人の姿はありません。皆に聞くとホテルに帰ったとのことでした。本当に純情な御人です。

翌日、ボブが私の所に来て、昨夜の女性と何かあったのかと聞くので、ビールを飲んで、歌って、踊っただけだと話すと、ボブは納得のいかない顔でした。二人に関しては女性関係は安心できると感じました。

ボブが凄くて素晴らしいのは、私より二歩も三歩も前に進んでいたことです。というのは、帰国する二日前にアメリカからディズニーランドのオペレーションコスチュームが五十点、送られて来たのです。繊維産業の視察を全部終えるまでもなく、東京でディズニーランドのコスチュームを製作してみようと判断をして、サンプル用に取り寄せたのです。

ロサンゼルスのいちばん長い日

一九八〇年三月から、第二期の研修が始まりました。渡米も二回目となると、見送り人もなく静かな旅立ちでした。機内に入ると日本人客の多いのに驚きました。座席に着くと右隣に昨年永谷園のコマーシャルの撮影で一緒に仕事をした美術のスタッフがロサンゼルスのロケハンに行くのだと言う。左隣りの客は本田技研の社員で自動車の排気ガスの調査でロサンゼルスへ。

一九七一年、映画『レッド・サン』の撮影でロンドン経由でスペインへＪＡＬで行った時は、我々四名の日本人以外の客は誰もいないので、肘掛けを倒して横に寝転がって行った記憶があります。

飛行は順調でロサンゼルス空港に着くまで、一度も座席ベルトを着用することはなかった。

入国管理官にパスポートを提出し、私の拙い英語で管理官に二言、三言話すのですが、管理官は書類に目を通し、私を見て黙って手を横に振り、列から離れるよう指示しました。入国者全員の手続きが終了した所で、管理官が再び私を呼びました。少し不安でしたが、管理官の所に行くと、ＪＡＬの社員も呼ばれて駆けて来ました。管理官が矢継ぎ早やに質問を投げ掛けてきました。

「お金は今、幾ら所持しているか？」

「ビジネスか観光か？」

「何日間帯在するのか？」

「仕事の内容は？」

「今まで、どんな仕事をしたのか？」

「何年間働いているのか？」

など、事細かに聞かされました。ＪＡＬの社員がいなかったら、危うく日本に強制送還されるところでした。彼の話では、航空券を片道しか持っていなかったので、アメリカに働きに来たのではと疑わしいので、いろいろ質問されたと説明してくれました。

税関で通関手続きをする時、何か引っかかるのではないかと心配しましたが、思ったよりスムーズに通関することができた。もっともパンツにマリファナ等を忍ばせてはいないので安心でした。

ロサンゼルス空港で入国手続に時間を費し、アナハイムのカーサマドリードにバスで帰ろうか、タクシーで帰ろうか迷っているところへ一台のイエローキャブがスッと寄ってきました。これ幸いとタクシーで帰ることに決めて、片言の英語でディズニーランドまでいくらで行くか、タクシーの料金交渉をしました。結果八十ドルで成立しました。

改めて運転手の顔を見ると、アメリカの映画スターのチャールス・ブロンソン似の厳つい顔をしているので、少し不安になりましたが、いまさらキャンセルもできないので我慢して乗りました。これがまたひどい車で、窓が開かないのです。運転手が車から降りて、両手で力強く窓ガラスを下げてくれました。運転手を見た時も不安でしたが、それよりもこのボロ自動車の方が不安でした。

車は暫く走ったところで、裏の路地に入って行きました。人影がない路上で脅かされ、お金を取られるかと怖かったが……車はガソリンスタンドの前で止まりました。

大通りに出ると、カリフォルニアの熱風を受けながら快適なドライブが続きました。

私はディズニーランドの研修が決まった時、一抹の不安を感じていました。アメリカでは三重苦の状態で生活することになるからです。今では三重苦という言葉は死語になっていますが、「しゃべれない」「聞こえない」「動けない」ということです。アメリカ社会の中で「英語が話せない」「英語が聞き取れない」「車の運転ができない」ということです。

アメリカ研修のための第一条件「英語を話す能力のある人」の意味が、改めて分かったような気がしました。アメリカ社会で楽しく生活するには、英語が話せて、聞くことができ、常にコミュニケーションをとることが大切ですし、それができて初めてエンジョイすることができますと言う。エンジョイできるかどうか分かりませんが……時間の無駄は防げると思いました。

私が英語を話すことができたなら、入国手続きのトラブルで一時間も待つこともなかったでしょうし、タクシーを利用するにも安心して乗ることができただろう。

ディズニーランドの研修には、通訳が一日中付いていているので、言葉の不自由は感じません。

突然、タクシーが止まりました。走った時間を考えると、目的地に着いてもよい頃です。運転手が窓を開けて、通行人に何か聞いている様子です。ディズニーランドへ行く道を尋ねているようです。

暫く走ってまた車を止め、道を聞いていました。運転手はディズニーランドに行く道を間違い、迷ったようです。

陽のある間に目的地に着けば……と内心不安でしたが、私自身どうすることもできません。運転手を信頼するより仕方ありません。英語が話せたら車を止めて別な車に乗り替えできるのですが、それもできません。

ここはジッと我慢して車に乗っているしか方法はありません。車の中が一番安全です。

街は段々と暮れて、ネオンが点り始めました。街路は暗く、車はヘッドライトを点けて走ります。このまま分からない道を走り続けるのか、不安とイライラ感が増します。

それでも車はディズニーランドの近くを走っているのだと自分に言い聞かせ、窓越しに街並みのネオンに目を凝らします。すると、見覚えのある「紅花」のネオンが目に映りました。地獄で仏とはこのようなことを言うのか、赤いネオンの「紅花」が明るく輝いて見えました。

運転手に「ストップ！　ストップ！」と慌てて声を掛けました。昼間だったら、見逃していた「紅花」のサインがネオンが点いたので見つけることができたのです。

料金の精算をすると百二十ドルだった。約束は八十ドルだったが、運転手も道に迷ったとはいえ、一生懸命努力してくれたので、気持ちよく払いました。彼は私の手を握り、「サンキュウー、サンキュウー！」と何度も頭を下げました。ブロンソン似の厳つい顔が笑顔になっていました。

ディズニーの対応

ディズニー側は我々研修生に対して細心の配慮をしてくれました。ディィレクターやトレーナーとの幅広いコミュニケーションができるように、テニス大会やゴルフ大会等を催してくれ、スポーツを通じてディズニー全体で関わってくれました。

当初、我々研修生はディズニー側を警戒して、通訳のいる所ではディズニーを評したり、悪口を言うのはよそうと話し合っていました。通訳たちはジム・コーラのスパイかもしれないので……しかし、そんな心配は必要なかったようです。

第二期の研修生、大倉君、名倉君、松田君、小川君の四名が来た所でソフトボール大会を催してくれました。

大会に備えて我々研修生も、研修後二時間ばかり集まって練習を行いました。

このソフトボール大会では、ピッチャーの投げたボールがキャッチャーに届くまでに、バッターの身長より高く上がっていなければいけないというルールがありました。これにより、投げた球のスピードは遅く、誰でも打てる構図になっていました。

大和君がピッチャーで私がキャッチャーで試合は開始されました。

大和君が投げたボールがベースに届く前に私が大声で「ストライク！」と声を掛けると、その声につられて空振りします。

それで面白いほど三振が取れるのです。観ていた見物人はその光景が面白く腹をかかえて笑っていました。

ジム・コーラが本塁打性の打球を外野に飛ばし、息を切らせて本塁に走り込んで来ました。ベース一歩手前で、私がタッチアウトにすると、ジム・コーラは「私の生涯の本塁打を池田さんに奪われた！」と悔しそうだった。

試合は前半、研修生チームがリードしていましたが、負けることが嫌いな国民性か、後半若いマネージャー達に替わり、逆転負けでした。

英語のレッスン

ジム・コーラが研修生の英語能力を確かめるため、面接テストを行いました。

結果、私は週二回、一日三時間英語のレッスンを受けることになりました。

ロン・ポールが使用している個室を借り切って、ベルリッツ英語スクールから来た先生と二人だけのマンツーマンレッスンが始まりました。しかし、その先生は日本語が一言も話せないので、どのようにレッスンを進めて行くのか、まったく分かりませんでした。

私の片言の英語で何とかコミュニケーションを取り進めましたが、それには限界がありました。三回目のレッスンの時、私から先生に一つの提案を持ち出しました。

「パークに出て歩きながら、アトラクションに乗ってレッスンを進めませんか」

先生も賛成してくれたので、すぐパークに出ました。

私は、この機会にディズニーランドのアトラクションを体験することにしたのです。各アトラクションの規模、ピーク時の混雑状況、キャストの人数等を現実に観ることにより、アトラクションが理解できるのではないかと思ったのです。

レストランではジュースを注文して飲みながら、店の広さ、テーブルの数、収容人数それに関わるキャストの人数等をチェックします。ディズニーランド一番の高級レストラン、ブルーバイユーでは、ゲストをテーブルに案内してオーダーを取ります。またこのレストランはチップ制が認められていて、ここで働くキャストはチップの収入がありリッチな生活をしています。昼食の時間帯はいつも満席だそうです。

マーチャンダイズは店の広さ、商品の数、ゲストの出入り、キャストの人数等を重点的に視察しました。

二ヶ月にわたる野外レッスンのおかげで、普通では得られない貴重な体験をすることができました。

また、東京ディズニーランドでは導入されないアトラクション、マッターホルン、ノーチラス号にも乗ってみましたが、あまり興味が湧きませんでした。導入しなかったのは適切な判断だったような気がしました。

二ヶ月間のコスチューム部門の研修評価を見ると、完全にできていたが、英語のレッスンの方はあまり成果が見られなかった。英語は話せなくても現場の研修はできると、ジム・コーラが判断して、第二次研修生には研修プログラムから英語のレッスンは排除した。

トレーナーとトレーニー

夕食の仕度をしていると、坂本さんが血相を変えて研修から帰って来ました。何事かと心配していると、突然「池田さん、ディズニーランドの研修を止めて明日東京に帰る」と言い出しました。

坂本さんは今日の研修が終わり、ジム・コーラとスケジュールの打合せをしている時、お互いに意見が合わないので喧嘩して帰って来たと興奮して話します。

私は大変なことになったと感じましたが、今坂本さんに何を聞いても非常にエキサイトしている状態なので、少し時間を置いた方が良いと考え、取り敢えずコーヒーを入れました。坂本さんはコーヒーを飲んで少し気持ちが落ち着いたのか、ジム・コーラとの喧嘩の経緯を話し始めました。

発端はトレーニングのスケジュールが毎日変更、追加するので心の準備ができないと意見をのべると、ジム・コーラに高飛車に「私はトレーナーで貴方はトレーニーなので、私の指示に従って研修を受けろ！」と言われ、頭に来たので「私はトレーニーだが貴方の部下ではない。貴方の命令に従うことはできない」と帰って来たと言う。

私は柔らかく坂本さんに話し掛けました。

「坂本さん、研修の途中で止めて帰るのは拙《ひど》いよ、職場放棄と見なされ本来なら罰則ものです。それにジム・コーラは坂本さんの研修をどのようにしたらよいか考えての変更、追加だと思うよ、彼らも日本人の研修は初めてのことなので、迷い悩んでいると思うよ」

坂本さんがシティホールの二階に顔を出すと、ジョン・コーラ（ジムの弟）が心配そうに待っていました。ジム・コーラに会って、昨日のことを謝罪してほしいと頼まれました。ジョン・コーラに促されるまでもなくジムの所に謝罪に行きました。するとジム・コーラが「ノブ！　お前は本当に日本人か。今まで何人かの日本人に会ったが、ノブのような日本人はいなかった」「……」「英語もアメリカ人より上手だし、本当に日本人か？」と問われた。「イエス、アイアムメードインジャパン」と即座に答えると、ジム・コーラは大声で笑い出し、つられて坂本さんも笑っていました。

ディズニーランドのトレーナーはジム・コーラに限らず、往々にして高圧的です。

彼らが教えるトレーニングの内容に対して異なった意見、反論されるのを極端に嫌います。

例外中の例外かも知れませんが、あったことは事実です。研修生の佐藤健児がS（安全）C（礼儀正しさ）S（ショー）E（効率）の研修を受けて、オペレーションの現場作業を見て、「貴方はパーク内では確実にS・C・S・Eが実施されていると言っていたが、現場を視察するとそうは思わない」と批評した。次の日佐藤がオフィスに行くと、机、椅子が無くなっており、野外に机、椅子が無残に放り出されていた事件があったと聞きました。

人にものを教える人のやることではない、明らかにトレーニーを見下した行為です。

私がマーチャンダイズの現場研修を受けた時、商品カウンターの下に陶器のキャラクター人形が入っているので、数をチェックして下さいと言われ、戸を開くと、突然、陶器のキャラクター人形が五、六体転がり落ちて、三体壊してしまいました。中を調べると沢山の陶器のキャラクター人形が無造作に積み重ねでありました。

トレーナーの女性が駆け寄って「マイク、心配ない、心配ない、破損伝票を書けば済むことだから、安心して」と親切に教えてくれました。

私は陶器のキャラクター人形が落ちて壊れたのは、前任者がキチンと整理整頓して正しく並べておかなかったので落ちたと注意しようと思ったが止めました。ディズニーのトレーナーの性格上、ジム・コーラに「マイクは自分の作業ミスを棚に上げ文句ばかり言う」と報告されるのがおちです。ただ、ひたすら「アイアムソーリー、アイアムソーリー」と謝ってその場を済ませました。

コスチュームが間に合わない

九ヶ月間カリフォルニアのディズニーランド研修を終えて帰国後のことです。トーストパンに目玉焼きコーヒーの軽い朝食を済ませ時計を見ると出社するには早い時間だったのでテレビのニュースを観ていると、ショッキングなニュースがテレビ画面を走りました。

歌手の江利チエミが昨夜自宅で食べ物を喉に詰まらせ窒息死したというのです。江利チエミは美空ひばり、雪村いずみ等と並ぶ日本で最高の人気歌手です。

時間が来たのでパジャマから背広に着替えるため二階の階段を昇り始めた時、フラフラと倒れそうになり慌てて階段の手摺りに身を支えました。階段で倒れると危険なので一生懸命足をふんばって二階の和室に転がり込んでバッタリ倒れたまま意識不明になりました。

何時間経過したのか分かりませんが、不思議に意識が回復したのですが、身体の自由が利かず、寝転んだままの状態です。このまま眠ってしまったらお終いだと思い意を決して、身を転がし電話機に手が届く所まで行って、119番を廻しました。家の住所と名前を告げるのが精一杯でした。

十分もしないで消防士二人が来てくれました。「旦那さん、起きて服に着替えて下さい」と言うのですが、身体の自由が利かず何もできないのです。消防士が担架で救急車に運んでくれました。安心したのか再び気が遠くなり眠ってしまいました。

気が付くと薄暗い病院の集中治療室の前の廊下に置いてあるベッドの上に寝かされていました。病院の対応も不満でしたが……なぜこんな時期にこんな状態になったのか、悔しくて涙が留処なく流れました。

今までの疲れか麻酔薬のせいか、急速に深い暗闇の世界に引き込まれました。

眼が覚めると、二階の和室の窓側のベッドに寝かされていました。

病院が会社に近いこともあり、いろいろな人達が見舞いに駆けつけてくれました。

皆、異口同音に「頑張れ！」「早く元気になって」と励ましの声を掛けてくれました。

横山部長は変わっていました。「無理しないで身体を完全に直して出てくれればよい」と淋しそうでした。その言葉とは裏腹に「早く出て来てくれ」の思いを私は感じました。

結果、私はフラック身体をささえながら出勤しました。廊下の真中を歩いているつもりですが、足が左右に振れて身体が定まらないのです。酔っ払いはこんな心情かなと歩いていると、横山部長が来て「ボブが作業の進捗状況をチェックしたいので東京に来たいと言っているが、どうしよう」と問われました。

この忙しい時にボブが来ても面倒を見れないので来ないでほしいと伝えたところ、再びボブから来たいと要請があったと言う。

東京駐在中、二週間に一度行うジム・コーラとのチェックリストの打合せで、衣装付属品担当の矢沢君と同席した際、矢沢君がコスチュームの製作がオープンに間に合わないと発言した。ジム・コーラが「一週間前に池田さんと打合せをした時は完全にできると言っていたのに何で今になってできないのか理由を聞かせなさい」と強く迫ってきました。そこで横山部長が「理由はともかくできないものはできない」と言い切った。

ジム・コーラは黙って立ち上がり帰って行ったと言うので……そんな事情があるのなら、すぐボブを呼んで下さい、私がキッチリ説明しますから。

コスチュームが足りない

専務から突然電話で呼び出されました。

急いで部屋に行くと、ジム・コーラと横山部長が憂鬱そうな顔で待っていました。

ジム・コーラが最初に口を開きました。

「池田さん、コスチュームの製作は順調に進んでいますか……」

「おかげ様で、すでに納品されているコスチュームもあります」

「ところで、数の方は大丈夫ですか？」

「と申しますと……」

「当初、人事部の要員計画では四千人になっていたのが、現在各部の人員要請を集計すると六千人近くになっている。二千人分のコスチュームが足りないことになる」

「それなら、大丈夫です、六千人分のコスチュームを製作しています」

「……」

「疑うのでしたら稟議書を確認して下さい」

稟議書を見ると、六千人のコスチューム、一人当たり八セット製作致したいと書いてあり、横山部長、専務の印がハッキリ押されていました。稟議書を見た三人の顔に安堵感が漂っていました。

実はコスチュームを製作する時、各部の人員計画担当者と打合せをして要員人数を再度確認しました。中には見当のつかない人数や、ワールドバザールにいたっては男女の比すらおかしい。聞くと六法全書で女性は八時以降働いてはいけないと書いてあるので八時以項は全員男性ですと言う。

東京ディズニーランドはサービス産業です。

クラブの女性が八時以降働けないとなると、八時以降のクラブは全員男性ばかりになります。それで営業が成り立ちますか……。

そこで、ディズニーランドの研修で得た知識を活用して、自分なりの数字を作ったようなわけです。

会社は私の仕事を信頼して全て任せてくれているのだと、確信すると同時に益々強い自信が湧いてきました。

オープニングショーやるぞ

ボブ・フェルプスがいつになく神妙な顔で私に話し掛けてきました。

「池田さん、ジム・コーラがオープニングショーをやりたいと言うんだよ」

「……」

「ショーのコスチュームができるか、池田さんと相談してコスチュームができないのなら止める」と言うのです。

私は一瞬「エッ！」と感じました。

ショーのコスチュームはオペレーションコスチュームと違って、縫製工程が複雑で大変な作業です。デザインが決まると出演ダンサーの採寸を始め、使用する布地の選定（質感、色等）装飾品、付属品の選定、アイテム数が二十種類以上使われるものもある。

一方、デザインから型おこし、型も枚数が多く全て立体裁断です。

ダンサー一人ひとりのフィッティング作業があり、その時点でドレス丈、ウエスト、バスト等の修正が必要です。

急にオープニングショーを開催すると言われても……時間が無い！　時間がありません。

「ショーの台本を読まないと何とも言えないよ」

「昼まで待つからよく考えてみて」

私は「できるか？　できないか？」ではなく「絶対やらなければいけない」と思いました。

オープニングショーの構成はディズニーランドの各エリアを歌とダンスのメドレー形式で紹介するものでした。

ショーコスチュームの製作窓口の京都衣装山本課長に製作を依頼しても、時間がないという理由で断わられるのが目に見えていたので、京都衣装の下請けを全面的に行っている藤森女史に直接電話を掛けました。

「デザイン数や着数が分からないと何とも言えないが、池田さんがやれと言うならやるしかないでしょう！　縫い子を総動員して徹夜の作業になると思うが、受けるからには責任を持ってやります」と力強い返事でした。

午後、ボブが不安そうな顔で私の顔を覗き込むように……

「池田さん、できるの？　できないの？」

ボブにあまり心配を掛けると悪いので、そっけなく、

「できるよ」

「できるんだね、池田さん、本当にできるんだね！」

「できるよ！」

今度は大きな声でハッキリ答えました。同時にボブが勢いよく部屋を飛び出しました。

暫くして、ボブが興奮した顔で帰ってきた。

「池田さん、ジム・コーラが凄く喜んでいたよ」

「……」

「二人で一緒に協力してやろうよ！」

と馬鹿に張り切っていました。こんなボブの輝いた顔を見たのは初めてです。

「時間がないので、縫い子さんを四十名ワークルームに集めてください」

と私の考えも聞かないで、一方的に指示をします。

「……」

私は黙って彼の言うことを聞いていましたが、この時すでに私なりの考えがありました。

ボブ・フェルプスが血相を変えて、激しい口調で、

「池田！　何をしているのだ！」

何をしているんだと急に言われても、私は返事に困りました。

「一週間前に縫い子を四十名集めろと言ったのに誰一人集まっていないではないか！」

ワークルームに縫い子を四十名集めなくても、日本では縫い子は家で内職の縫製作業をしているのが普通です。縫製用の材料を提供すればよいのだと、ボブに説明しても理解できないようでした。

「池田さんが集められないのなら、私がアメリカから、縫い子を四十名を呼ぶ！」

と息まいていました。

ボブには報告はしていませんが、すでに藤森女史は着々と準備を進めていました。あとは布地を決め、購入すれば、縫製作業に取り掛かれる状態だったのです。朝早く、ボブが顔を出して何かと口煩い。彼の気持ちも分からないではありませんが……。

内職の縫製作業現場を二、三ヶ所、ボブに見せれば多少納得したかも分かりません。私にはそんな余裕はありません。

今日もボブが私の所に来て、訳の分からないことを言い出しました。私も頭にきて、

「ボブさんの言う通りにしていたら、できるものもできません」

「今さら何を言うのか、池田さんはできると言ったではないか！」

「できないと言ったら、できません！」

「何でできないのか！」

「ボブさんが私のやり方にいちいち口を出すので、できないのです！」

「じゃあ、私が何も言わなければできる？」

「そうです、黙って私のすることを見ていただければできます」

「分かった。池田さんの好きなようにやってくれ、困った時は何でも言ってくれ、協力するから」

ボブもやっと私のやり方に納得してくれました。というより、私への説得を諦めたのでしょう。

納期という怪物

ジム・コーラが各プロジェクトの責任者をクラブ33に集めました。

クラブ33に入ると施設は完全に出来上がっていて、いつでも開業できる状態になっていました。美装部以外のプロジェクトの進捗を目の当たりに見て、自分のプロジェクトだけが順調に進んでいると思って作業を行っていましたが、予想以上に他のプロジェクトが進んでいるのを実感しました。

各責任者が集まったところで、ジム・コーラが四月十一日、オープニングショーを開催すると正式に発表しました。同時にオープニングショーのプロジェクトチームの結成に着手し始めました。

当然プロジェクト・リーダーはジム・コーラです。プロジェクトチームの部員は各プロジェクトから選出されました。運営からは六名、セキュリティからは四名、フードからは二名等々有無を言わせず強制的に選出しました。美装部には二名の要望がありました。

「ジムさん、今私は奇跡を起こそうとしているところです。二名も取られたら奇跡を起こすことができません」

少しオーバーな表現ですが真面目に訴えました。

「分かった、分かった。池田さんの所はいいから、早く職場に帰って作業を続けてください」

私とジムの会話を聞いていた各プロジェクト責任者は何のことか分からないで、キョトンとした顔をしていました。別に説明することもないので、私はジムの大きな配慮を背中に感じながら、さりげなく部屋を出て行きました。


夜の十二時頃、順調に進んでいると思っていたオープニングショーのコスチューム製作が間に合いそうにない、と京都衣装の山本課長から突然の電話がありました。私は納入までにまだ一週間もあるので頑張るようにと電話を切った。その後、毎晩十一時過ぎると、山本課長から電話が掛かってきました。電話の内容は「間に合わない」「間に合わない」の一点張りでした。理由を聞いても明解な答えはありません。納入三日前の電話は、このまま作業を続けると死ぬと半ば脅迫でした。

私は縫製現場を見ていないので、どのような状態かよく分かりません。縫製作業を管理している藤森女史から何も言ってこないので、山本課長の言うことを本気には考えませんでした。二日前になると、コスチュームが納期に間に合わないので、オープニングショーの開催日を延ばしてほしいと要望されました。とんでもないことを言う男だと私は頭にきました。

「何を言うんだ！　東京ディズニーランドは国家事業に匹敵する大プロジェクトなんだ！一企業の勝手な要望など聞くわけがない！　気でも狂ったか！　シッカリセイ！」

山本課長の返事のないまま電話はプッツンと切れました。

超一流企業のM物産ですら、オペレーションコスチュームの納期の六ヶ月前に、担当者が私の所へ一通の覚え書きを持ってきました。内容は、全商品が納期に納められなくても、当社は責任を負いかねるという文面でした。私は即座に覚え書きを突き返しました。それだけこのプロジェクトは難しく大変な事業です。

藤森女史の陣頭指揮で、ショーダンサーのコスチュームのフィッティング作業は、ドレスリハーサルの前日全て完了しました。

藤森女史にオープニングショーのコスチューム製作ができるかどうか電話をした時、池田さんにやれと言われたらやるしかないでしょう、の言葉を聞いて、「できる」と決心がついたのです。藤森女史がいなかったら、オープニングショーはできなかったし、またやらなかったでしょう。藤森女史の名は世に出ないでしょうが、私の心の中には深く刻み込まれています。藤森女史、本当にありがとう。

東京ディズニーランドのプロジェクトに関わった、個人、企業は、大なり小なり納期という目にみえない大きな怪物に突き当たり、強烈なプレッシャーに襲われノイローゼ気味になります。私たちディズニーランド建設プロジェクトも、東京ディズニーランドオープンという、強大な怪物に向かって日夜死に物狂いで闘いました。

時間を作ってオープニングショーのドレスリハーサルを視察しました。

楽屋はダンサーたちの衣装替えで大わらわでした。私には思いがけない懐かしい風景でした。ショー関連の作業は舞台の経験豊富な上原稔夫（東宝舞台より出向）、伊藤英子（劇団四季より採用）の二人に全て任せてあり、作業現場に顔を出したのは初めてでした。

キャラクターの着替えを若狭仁知が懸命に手伝っていました。

昨年四月、新入社員が五名美装部に配属されました。彼は私が人事部に迎えに行った、三名の女性と二名の男性の内の一人でした。

石塚靖子、愛原多美、古屋孝子は希望する職場に配属され、輝いた顔でお互い楽しそうに話に花が咲いていました。その横で若狭仁知、阿部豊彦は共に肩をガックリ落とし俯いていて元気がありません。

美装部に配属されたのが、よほどショックだったようです。美装部の仕事は女性の仕事だと思い込んでいるようでした。

その新入社員の若狭仁知がこの一年間で、人間が変わったように、目を見張るほどに成長したのです。エンターテインメントのエの字も知らない若い社員、準社員をここまで育て上げてくれた、上原、伊藤両名に感謝します。

着付けの能力、技術はともかく、ダンサーたちと一緒に楽しく、うれしそうに働いている姿に感動しました。

アッという間の一一七四日間

一九八三年四月十一日、各界の著名人及び報道関係者を招いて、開園披露の催しが華々しく開催されました。

オリエンタルランド社高橋政知社長、ディズニープロダクションズ社カードン・ウォーカー会長より挨拶がありました。列席の方々を代表して、安倍晋太郎外務大臣、瀬戸山三男文部大臣、沼田武千葉県知事、熊川好生浦安市長からお言葉を頂きました。中曽根康弘総理大臣より祝電、土光敏夫経団連名誉会長、永野重雄日本商工会議所会頭からは祝辞が届きました。正に東京ディズニーランドは国家的事業です。

一千羽の白鳩と二万個の風船が空に放たれ、白鳩が一斉に東京ディズニーランド上空をフワフワ泳いでいました。

東京ディズニーランドをすっぽり包んだ夜のとばりの中に、特別ステージが浮き上がっています。ステージはワールドバザールを背にキャッスルに向かって建てられました。

私はオープニングショーの観賞のため、ステージ正面の斜め左側から観ることにしました。ダンサーの着付けは大丈夫か、着替えは手際よく、ショーの流れに支障はないか……本番は別物です。特に初演はダンサーが必要以上に緊張して着替えの時は慌てます。それにつられて着付け係まで慌ててミスを犯すことがよくあります。ドレスリハーサル通り、やってくれと祈るだけです。

午後七時、オープニングショー「ナイト・オブ1000スターズ」が開演されました。ショーはワールドバザール、アドベンチャーランド、ウエスタンランド、トゥモローランド、ファンタジーランドの順に各テーマランドをイメージした演出です。

一つのシーンが終わり、次のシーンに移る時、ダンサーの着替えは大丈夫か、大丈夫かと肩に力が入り、自然に手を握り締め拳を作っていました。ショーが無事終わり、握り拳を開くと汗でグッショリ濡れていました。拭き取ろうと思いましたが、この汗は陰になり日向になり、このプロジェクトを支えてくれた多くの人々の汗だと、再び力強く手を握り締め感謝しました。

楽屋に行って皆の仕事を労おうと思いましたが……やめました。彼等には彼らの喜び方がある。お互い苦労したダンサーたちと……。上司面《づら》をして顔を出すのは彼らの雰囲気を壊しかねないと思ったのです。

歓喜と感動の連続で終わった、「ナイト・オブ1000スターズ」ですが、アメリカから特別ゲストで迎えた日本でも有名な歌手、パット・ブーンが、ステージに酒気を帯びて上がったことに、ディズニー側が日本のお客様に大変失礼だと憤慨していました。彼はその後本国アメリカでディズニーのステージに上がることはありませんでした。

一九八〇年、成田空港を飛び立って、数えて一一七四日間、紆余曲折を繰り返し進めて来たプロジェクトでしたが、過ぎ去ってみれば、長いようで、〝アッ!〟という間の一一七四日間でした。

カリスマ社長

高橋政知社長は時折パーク内を一人で歩いています。偶然、パークで社長に会った時、パークがオープンした時の心境を聞くことができました。何も答えていただけないので、私から「男のロマンですか」と尋ねると、社長は力強く「男のロマンてなもんじゃあない、そりゃあ男の意地だ！」とおっしゃいました。

「これをやめたら、十年もかかってやっと埋め立てた土地を県に安く買い戻され、その日会社は潰れておしまい。そんなことはしたくない。それじゃあ、この十年間何をやってきたのか。今まで一生懸命働いてくれた社員はどうなる。潰れるなんてそんなことはしたくない。どうしても東京ディズニーランドをやんなきゃあと思ったね。意地でも！」

東京ディズニーランドのオープンの喜びはともかく、今までの心境を赤裸々に語ってくれました。

営業部販売課に異動

東京ディズニーランド五周年記念に開発された、ショーベース2000でのショー「ワンワンストリーム」がオープンして、その興奮も覚めやらないうちに営業部販売課への異動の令が出ました。

異動の表向きの理由は、現販売課長が人間関係でノイローゼ気味のため業務に支障を来たす、と言うことでしたが、巷では喧嘩両成敗で異動されたと噂が飛びかっていた。

実はすでに喧嘩したと噂された部長は異動しています。私は部長と喧嘩したこともないし部長も同じだと思います。私の性格上上司が間違っている時、意見具申を致します。激しい口調になる時もあります。何も知らない課員はその場の雰囲気で喧嘩をしているように感じたのでしょう。何はともあれ、良い職場環境ではなかったようです。自己反省する必要がありました。

松木美装部長に呼ばれ、営業販売課を作った経緯の説明を受けました。東京ディズニーランドがオープンして二年目の集客が心配なので、営業部に販売課を設立し、本格的に集客活動をする。急遽、各部から販売課員を募り集めたのが、現販売課員の集団でした。全員が優秀で能力が高い人ばかりではありません。中には各部で使い物にならない人や、優秀でも自分勝手な行動が多く組織に入り込めない人等々問題がある課員が多いと話してくれました。

販売課に就任して最初に感じたのは、松木部長の言葉通りでした。課員に現在の販売活動を聞いても、誰も明快に答える課員はいません。

美装部を立ち上げた時も寄せ集めの集団でした。美装部の場合には衣装経験者が主で、未経験の人でも衣装関係の仕事が好きで入った者ばかりだったので全体を纏めやすかったのです。販売課は違っていました。

販売活動の経験者、販売活動に興味のある者、販売活動が嫌いな者、人事部の異動令が出たので仕方なく販売課に来た者、販売課に配属されて不平不満を持っている者等々多種多様でした。

この不思議な団体をどうしたら一本化できるのか悩み考えました。課員は現在の状況、未来がどうなるか不安で悩んでいるのでは……この状況を打破するには……情報の共有です！　知り得た社会の情報、会社の情報、人事部の情報、営業部の情報、そして課の情報等々を適切に正確に平等に知らせることだ！

情報の伝達、交換の場として毎週月曜日、会議室に四十余名を集めて会議を行いました。なかにはこの時間が無駄だ。この時間をセールス活動に活用した方が良いという意見も出ましたが、勝手に活動しても成果が出ないことは目に見えています。

販売事務グループ、旅行代理店グループ、一般企業グループ、学校、各団体グループと四つのグループに分けて、販売先を明確に決め効率の良い営業活動をすることに決めました。

営業部販売課長に就任して一ヶ年が過ぎました。この一年間、全課員を集めてミーティングにミーティングを積み重ねた結果、やっと販売課の体を成すことができ、課員一人ひとりに目を向けると、私が個別に指導しても変わらない人、人間的にまったく問題ないが販売の仕事が性に合わない人、精神的に苦痛を感じている人がハッキリと見えました。

課員全体に与える影響、それより本人のことを考慮して異動を決め、人事部と個人名を出して何回も何回も話し合いました。

販売課設立時、人事が行き当たりバッタリに異動を決めたと憤慨していたのですが、人事部と個人的に話し合ってみると、私以上に個人的な件、指導の件はよく考えて行動しているのに安心して心を開き、課員の異動条件の相談ができました。

結果、今回は六名の異動が決まりました。

課員一人ひとりに私が異動の理由を説明しなくても、彼ら自身が一番よく分かっていると思います。

海外出張時の悪夢

海外のセールス活動は香港、韓国、台湾の三ヶ国に年二回行います。年の始め、ホテルに旅行代理店を集めてプレゼンテーションを行います。アンバサダー、ミッキー・ミニーと共にその年に開催するスペシャルイベントの企画を紹介します。香港、韓国での打合せを終えて台湾に移りました。打合せを行うアジア航空本社の下見をしてホテルに帰り、レストランで私、遠東、秋田の三人で食事を済ませ後は自由行動にしました。

アジア航空では遠東君は少し遅れて出席するということで打合せに入りました。暫く経っても遠東君は来ません。何かあったのではないかと胸さわぎがしたので、ホテルのフロントに電話をして、部屋をチェックして頂くと、遠東君が部屋で倒れていると連絡があり慌ててアジア航空のスタッフと一緒にホテルに行きました。

部屋に入ると、歯を磨いていたのか遠東君は洗面所で仰向けにひっくり返っていました。

湯船に張った湯が満杯になりチョロチョロ流れ出ていました。

会社に現状の報告をしました。会社からは応援に西藤課長、田課員の二人が来ることになり、身内は遠東君の両親と妹さんの三人が来るという。

遺体置場に着くと五十坪ほどの部屋に百数体の遺体がコンクリートの上に並べられていました。台湾では死者が出てもすぐに葬儀は行わないで、親類その他死者の関係する者が集まるまで遺体置場に安置するそうです。

遠東君を捜すと部屋の片端に顔がドライアイスで白く凍ったまま横たわっていました。

遺体置場の壁際に備えてある冷凍箱に収納するようお願いすると、今全部使用済という答えがきました。エージェントの社長からチップを渡してもらうと、五分も過たないうちに一箱空いたのでお使い下さいと言われた。

地獄の沙汰も金次第とはよく言ったものだ。それにしてもこの累々とした死体の中を両親や妹さんを歩かせるわけにはいきません。

死体全部に白い布を掛けて死体を隠すようにお願いしたが、無理だと断わられました。

せめて遺族が歩く所だけでも白い布で覆ってほしいと頼みましたが、断わられました。

冷凍箱から出して遺体置場の通路にとも考えたが、それも無理と、ことごとく断わられました。

昔、葬儀に使っていた部屋があるというので見たら、現在倉庫として使っており、整理すれば使えると判断して、お棺の置き場、仏壇の施設を図面に書いて説明をしました。

朝、我々四名と家族三名が車で遺体置場に行きました。遺体置場に着いた所で私ひとり葬儀場の確認に行きました。遠東君の死に化粧が気になっていたのですが、今にも話し掛けてくるのではないかと思うほど生々しく美しい顔でした。

西藤課長、田課員、秋田課員の役割を決め、葬儀の配置につきました。特にこの雰囲気ではお母様が気を失って倒れるかも知れないので、田課員に隣りで面倒を見るよう指示しました。思った通りお母様は遺体の近くに寄って遠東君の顔を見た瞬間気を失って倒れました。


午後から法廷で裁判が開かれました。

始めに検死医から死因について説明があり、心筋梗塞と報告されました。

裁判長が、遺体はこのまま持ち帰りますか、荼毘に付して持ち帰りますかと尋ねました。

お父様はハッキリと荼毘に付して持ち帰りますと答えました。裁判長は再び「荼毘に付して持ち帰るのですね、荼毘に付して持ち帰るのですね」と二度くり返して尋ねられました。

葬儀はアジア航空が仕切ってくれました。泣き女が四名来て黒い布を頭から被り、遺体の周りで泣きながら四回廻って終わりました。所が変われば何とも不思議な光景でした。

朝まだ明けやらない内に家族と一緒に遠東君のお骨を拾いに来ました。大理石の丸い骨壺にお骨を拾っては詰め、拾っては詰めました。辺りには我々以外の人影は無く奇妙な光景でした。誰ひとり物を言うでもなく、黙って骨壺にお骨を詰めていくと、時おり骨の折れる音が、ギシと鳴る程度でした。

「遠東君、今日日本に連れて帰るからな」と心でつぶやきながら一つ一つ丹念にお骨を拾って骨壺に入れていると、今までの緊張が一遍に取れたのか、急にポタポタと涙が骨壺の中に落ちてお骨を濡らしました。

台湾出張で部下を亡くしたお詫びと、その報告に社長の所に行った時のことです。「今回、台湾出張の際に大切な社員を亡くして申し訳ありません」。私はこれだけのことを言うのが精一杯でした。

社長は私を見ると「旦那それは大変だったな」この件で直接私の労をねぎらってくれたのは社長だけでした。

社長は私のネームタグを見て「池田の旦那、えらい災難にあったものだな」と続けます。社長が誰と会っても、「旦那」と声を掛けるのは、浦安の埋め立て工事のため、漁師と漁業交渉の際、数百人と会って交渉するため、名前をいちいち覚えられないので、自然と「旦那」と呼ぶようになり、それが身についた社長の処世術になったようです。

現に社長に「旦那」と呼ばれると、温か味と優しさが感じられます。

感動とは

東京ディズニーランドは朝八時にオープンして、夕方十時にはクローズします。

営業部員が毎朝九時と午後三時に、来園者三十人に対して東京ディズニーランドの来園目的のアンケートを取ります。

結果、東京ディズニーランドがオープンして十一年になりますが、オープン以来のリピーター（再来園者）が実に九十三％です。来園者十人に九人が再来園している計算になります。一年間では五十六％でした。

この一年間で十人に六人がリピーターです。

来園目的で一番多かったのが感動するの五十二％で、アトラクションに乗るが三十二％、ショーを観る、キャラクターに逢う、キャストサービスが好き……と続きます。

私は「感動する」の意味がよく理解できません。アトラクションに乗る、ショーを観て感動するのは具体的に理解できますが……。

パークを巡回している時のことです。

初老のお婆さんがアドベンチャーランドのベンチに腰掛けて頭をうなだれていました。私は気分でも悪いのかと思い近寄って「おばあさんどこか悪いのですか？」と肩を軽くたたいて聞きました。するとお婆さんはやおら頭を上げ、私の顔を見て「実は今、感動しているのです」と答えてくれました。

私は怪訝に思い「どうして感動しているのですか」と尋ねると、お婆さんはおもむろに話し始めました。

「私はひとりで秋田の田舎から出て来ました。東京ディズニーランドは生まれて初めて来たので……入園券をどこで買うのか分からないまま、ウロウロしていると、若い男の子が笑顔で『どうしました、よろしければお手伝いします』と言ってくれたので事情を話すと、わざわざ入園券売場まで連れていってくれて、お婆さんはシニアだからと安い入園券を買ってくれました。そこでチョット不安が解消しました。

ワールドバザールでは風船売りの女の子に『こんにちは』と優しく声を掛けられ、チョット良い気分になりました。お城の前で写真を撮っていると、白い上下の服を着た男の子が来て『写真を撮りましょうか』と声を掛けてくれました。

園内の行く所、行く所でお兄さん、お姉さんから声を掛けられ感動している所です」

人は人から受ける小さな親切の積み重ねで小さな感動を受け、その小さな感動が積み重なって身が震えるような大きな感動へと広がっていくのです。

園内で受ける感動はお客様の生活環境、状態によって異なります。

ディズニーウェイ無視

突然、三井常務から電話があり、ＪＴＢとコンビニエンス・ストアーでの東京ディズニーランドのチケット販売について打合せをするので出席するようにと言われました。コンビニエンス・ストアーでチケットの販売とは初めて聞く話です。

ＪＴＢの役員がコンビニエンス・ストアーで機械を使ってチケットを販売する様子を説明してくれました。機械に直接お金を入れると機械がチケットの説明をしてチケットが自動的に出てくるという仕掛けでした。

私はすぐに反対意見を出しました。東京ディズニーランドのチケットは招待状の役割があり、チケットはお客様に言葉を添えて、キャストの手からお渡しするのが、東京ディズニーランドのポリシーです。機械でチケットを販売するなどディズニーウェイに反する行為です。チケットを売らんがため、ディズニーウェイを無視してまで売る行為に無性に腹が立って許せませんでした。

「ＪＴＢさんは何年東京ディズニーランドと商売をしているのですか、安直に考えるのではなく、もう少し東京ディズニーランドのことを勉強して提案して下さい」と強く言った。これは三井常務にも聞かせたい狙いもありました。

この時期、アメリカからマイケル・アイズナー社長が来て、コンビニエンス・ストアーを視察した結果、コンビニエンス・ストアーでディズニー商品を販売しないよう指示が出されました。

三井常務が私の机のそばに立ってガナっています。額に青筋を浮かべて怒っています。よほど先の私の言葉が癪に障ったのでしょう。言った私は反省していますが、ディズニーウェイを無視した軽率な行動に腹が立ったのでつい思っていることが言葉になってしまったのです。

三井常務の説教が延々と続きました。それでも私は冷静で、部下の見ている前で怒らなくても、常務の部屋に私を連れて行って怒るくらいの配慮があってもよいのではないかと思いながら、ジッと下を向いて耐えていました。

エレクトリカルパレードの奇跡

私は重度障害者の息子を持つ母親です。

息子に一度東京ディズニーランドを見せたくて、お医者様に相談をしました。

お医者様は、この子は眼も見えないし、耳も聞こえないので、ディズニーランドに行っても、ただ苦労するだけなので止めた方がよいと言われました。

それでも、私は愛する息子に是非東京ディズニーランドを見せてやりたくて、車椅子を造り替え、お医者様から一杯薬をもらって来園しました。

パーク内のショー、パレード等、休み休み観て廻りました。息子は少し疲れたようでしたが、むずかる風でもなく過ごしました。

夜のエレクトリカルパレードを息子と一緒に観た時のことです。眠そうに車椅子に腰掛けていた息子が突然身を乗り出し、瞳は輝き、耳を傾け、光り輝くフロートに見入っているではありませんか、息子のそんな姿を見て、この子は眼は見えるし、耳も聞こえるのだと、深く感動して息子を力一杯抱きしめました。無理をおしても東京ディズニーランドに来て良かった。東京ディズニーランドありがとう！

実はこの話の現場に、私は偶然に居合わせていたのです。私は遅番の仕事がある時は決まって、パークに出てエレクトリカルパレードのフロートとパレードルートを一廻りするのが常でした。その日もフロートと一緒にキャッスル前を通り掛かった時でした。車椅子に腰掛けていた、お子さんとお母さんが、興奮状態で抱き合っていたのです。母親の眼から流れ出る涙に、フロートの光が映えて七色に光っていました。素晴らしい親子の光景でした。このような風景はパーク内ではよく見られます。キャストは笑顔で手を振り通り過ぎます。声を掛けることはありません。親子だけの時間を邪魔をしないように心掛けます。私も手を振りながら通り過ぎました。

そして、この話には悲しい続きがあるのです。

東京ディズニーランドで親子二人で楽しく遊び、その感動も覚めやらない一週間後、息子は眠るように瞼を閉じ、顔に薄っすらと笑みを浮かべ遠い天国へと静かに旅立ちました。

東京ディズニーランドの皆様、かけがえのない感動を有難うございます。

私はこのサンキューレターを読んだ時直感しました。キャッスル前でエレクトリカルパレードを観ていた車椅子の親子だと！

レターを読んでいると、ポタポタと涙が落ちて止まりません。あの時なんで声を掛けて上げられなかったのか……。この親子はどんなに喜んでくれたことかと……と悔やんでも悔やみ切れません。

『映画衣装物語』の出版

二〇一八年一月三十一日念願の『映画衣装物語』を出版致しました。

私が映画の話を書いてみようと思ったのは二〇〇三年テレビの人気番組「開運なんでも鑑定団」に出演して映画の台本三十七冊と、黒沢明監督作品『隠し砦の三悪人』、成瀬己喜男監督作品『娘・妻・母』のサイン入り写真と、出演俳優のサイン入りアルバムを出品したところ、百八十五万円の価格が付いた時、映画に関心を持っている人は未だ多くいる！と感じたからだった。

私が映画撮影現場で衣装担当を長い間やって来た時の様々な経験を思いつくまま書いた。書き始めると不思議に五十年前の撮影現場が次々と蘇って来る。監督の「ヨーイ、スタート」の声に合わせて、レフ板を持つ照明係の顔やカメラマンの姿が鮮明に浮かび上がって来るのです。想い浮かんだ人々と会話をしながら書き進めていきました。

映画愛好者が五十名集まって、現役の女優星由里子さんを招待して『映画衣装物語』の出版記念パーティを華やかに開催しました。


池ちゃん『映画衣装物語』出版おめでとうございます。

映画関係者はもちろんのこと、映画大好きな人間にとって、こんな面白い本はないと思うね。

黒沢監督や、きはっちゃん（岡本喜八）、三船さんのこととか、登場人物の性格がよく書けていて、思い出が次々に蘇えりました。それにしても、衣装さんがこれほどまでに大変だったということ思ってもみなかった……この本を通して、映画関係者の苦労や努力が手に取るようにわかりました。

昔、池ちゃんが、僕の家族全員をディズニーランドに案内してくれたことがあったけど、その時はえらく顔がきくんだなーと思ってなぜなんだろうとずっと思っていたんだよね。この本を読んでやっとわかった！

まさか、ディズニーランドにいるすべての人たちの衣装担当をしていたとは……

いやー夢にも思わなかったよ。すごいことをやったんだなー
「人生の三カン王」（関心、感動、感謝）の心で懐かしく読ませてもらったよ！

俳優　加山雄三

初めて映画に出演する時、撮影所で真っ先に連れていかれたのが、東宝の衣装部で、先ずここで作品の人物が着る衣装を決めて行くのです。

ベテラン風のオジさんオバさんの衣装部の中に坊ちゃんのような池ちゃんがいました。ここで三船敏郎さん、池部良さん、原節子さん、高峰秀子さん等のすべての作品の衣装が決まっていくのです。

素敵なお洋服ばかりではなく、生活がにじんだボロボロの服まで。デビューから私は一七五本の映画に出演しましたが、その総てにかかわって他の人達の作品を含めたら何作になるでしょう。ベテランの貴重な経験が本になって多くの人に知っていただき読んでいただく楽しい一時になれば幸いです。

本日は脇役でなく、主役の池ちゃん出版おめでとうございます。

女優　司　葉子

池田さん、いつもお会いすると本を書く話題が出ていましたが、とうとうやりましたね！

夢の実現おめでとうございます。

私も映画好きだから、池田さんが担当された映画は結構観ていました。映画のシーンを思い浮かべながら、池田さんが頑張っていた姿を想像してみました。

いろいろ苦労があったこととは思いますが、大活躍でしたね。

その後、東京ディズニーランドの立ち上げで一緒に苦労しましたが……

ディズニーパークを彩るキャストコスチュームを見事にまとめ上げた池田さんの手腕、この本からよく理解できました。

池田さんこれまでの人生、満点ですね！

元オリエンタルランド
専務取締役　奥山康夫

拝啓、山笑う候ますますご健勝のことと存じます。

この度は『映画衣装物語』を上梓され、誠におめでとうございます。

早速、近所の書店に取り寄せてもらい拝読いたしました。

「貴君だから書けた。貴君にしか書けない」戦後の日本映画の最盛期を彩った数々の名画、才能豊かで誇り高い監督が個性的な名優たちと製作の現場で協働した経験を素直な魂から生まれた名作です。

映画は総合芸術と言われますが、監督は大名で、俳優は家老、メイクや、衣装、大道具等の類は雑兵扱い。そんな人間関係の集団の中で自から業務の専門性を磨き、やがてその道のプロを自認する監督や俳優が貴君を「衣装のプロ」として遇することになる。痛快な話です。

舞台を東京ディズニーランドに移した、続編を心待ちにしています。

ご健筆を揮って下さい。お元気で！

元オリエンタルランド
取締役　坂﨑高志

生死の境

平成二十八年十月六日。

青葉病院で四日間検査を行い心臓に疾患があると判断して、青葉病院では手術する医師もいないし設備も無いので、千葉大学病院に移り心臓手術をすることになる。

千葉大学病院でも、手術前の検査を四日間掛けて行い、手術を行う段階に入った。心臓の壁が細菌に冒されているので、壁を取りのぞく手術だった。

医師二人が一生懸命治療をするが、思うように治療が進まず、ひとりの医師が、これ以上治療はできないとギブアップして治療を止めた。それならと別の医師が二日二晩治療を続け、やっと病原菌を見出し、その治療に取り掛かった。

船は音もたてずに港を出て、漆黒の闇の中を突き進んでいった。

私は清流の岩に立ち佇んでいた。清流の上流では赤い鎧を身に付けていた騎馬武者二人が神主風の男に何やら話をしている様子だった。しばらくして神主風の男がひとりの騎馬武者に指示を出す。すると騎馬武者は槍の穂先を私の方に向けて疾走して来た。

私を刺す一歩手前で、姿がパッと消えた。

再び神主風の男がもうひとりの騎馬武者に指示を出した。

指示を受けた騎馬武者は先ほどの騎馬武者と同じように、槍の穂先を私に向けて疾走して来た。

先ほどと同じように私を刺す一歩手前で姿がパッと消えた。

私は一連の行動に恐怖は感じなかった。ただ現状だけを見つめていた。

いつの間にか、上流の神主風の男の姿もなかった。

私は頭の中で薄っすらと、死の儀式は終わった、私は生かされたと感じたが、何の感動もなかった。

『グランド・ファイナル』の出版

『グランド・ファイナル』を二〇二一年二月十五日に出版致しました。

出版に関しては、紆余曲折ありました。

『映画衣装物語』を出版して、次は東京ディズニーランドの話を書こうと思っていたら……

心臓病に罹り急遽千葉大学病院に手術入院を致しました。

手術は無事成功して、市立青葉病院に移り、二ヶ月間治療に専念することになりました。

一日一日が長く間が持たないので、ベッドの上で『グランド・ファイナル』の原稿を書き始めると、退病時には一冊の本ができるほど、原稿を書き上げました。

原稿を文芸社に投稿すると、興味を示され出版することになり、印刷原稿ができた所で、オリエンタルランド広報部に送り、チェックをお願いしました。

一ヶ月経って「出版しないで頂きたい」との返事だった。

出版が駄目な理由が何も書いていないので、何回かやり取りを重ねても、「出版しないで下さい」の一点張りだった。

文芸社の編集部と相談し「オリエンタルランド関係の記事」は削除して、池田の自叙伝扱いで出版することになりました。

出版記念パーティは当所二月十五日を予定して、参加者を募集したところ、ディズニーファン三十五名、私の関係者が十五名集まりましたが、コロナ問題が激化してやむなく中止にして次の機会を待つことになりました。約四ヶ月半待って、意を決して七月二十六日に再度出版記念パーティの募集を始めました。

コロナ禍は完全に収束していないので、出席希望者は不安があったでしょうが、若いディズニーファンは三十五名、私関係の人は高齢者が多く、八名参加が決まりました。

パーティはアメリカの研修時、お世話になった能登路東大客員教授の挨拶に始まり、私のディズニーコレクションから、ソフトボール大会で使用したユニホーム、研修終了記念に頂いたネーム入りの白いヘルメット等の抽選会もある、思い出に残るパーティができました。

幸いに記念パーティが終わって三週間経ってもコロナに掛かった人はいませんでした。

「グランド・ファイナル」楽しく拝読しました。正確な記憶を資料つき写真つきで読みやすい文章でした。主題を風景が見えるような表現で、関連の人や事柄を散りばめ、映画を見ているような感じでした。

何箇所か圧巻がありますね。

ライセンサーでトレーナーのディズニー側とトレイニーとしての限界の覚悟の上で、池田さんのプロとしてとても、あるいは日本側責任者として譲れないところの鮮やかな対応は痛決です。信念のある覚悟とマイペースの生き様ですね。

誇りをもって、楽しまれている姿は似前から感じていました。

日本側の幹部とディズニー側の人達も一流で、お互い尊敬しあいながら、ギリギリのやり取りがあったことが伺えます。そして現在はこれらの体験をもとに講演活動中とありますが、「ファイナル」のその後の活動も興味があります。

一方、今の私は元気で楽しく、地域のNPO活動やゴルフや畑仕事等で過しております。コロナが収束したらお目にかかって、池田さんの東宝でのことなど伺いたくなりました。有難うございました。くれぐれも健康に気をつけて下さいませ。

NPO会長　保坂武雄

池田さん、済みません、御連絡が遅れました。

七月二十六日の出版記念パーティの件、職場（病院）の状況が五月から変わってしまって、参加できませんでした。もっと早く連絡を差し上げたかったのですが、コロナ禍の中で自分の部署も関わりが深くなり、来院者の体温測定やら隔離病棟の清掃やらと仕事が増えて日曜日にはとくに忙しい状況になってしまいました。本当に申し訳ありません。

また、先だって、御著書をお送りいただきありがとうございます。

読了して、大変な苦労をされたなあとしみじみ思いました。とくに「オープニングショー」の無理強いへの対応は筆舌に尽くせぬ、苦労だったと思います。スタッフが日本人でなかったら、こんな無理難題を押し通したでしょうか。

それでも、これをやり遂げた池田さんは凄い方だと思いました。

日本の繊維産業の視察も日本に対してこんな低い理解しかないのかと情けない気持になりました。今は少し改善されたのがよく分かりませんが、八〇年代当時でもこんな程度だったのかと失望を禁じ得ません。

もうひとつ、そんな苦労をされてギリギリの調整して困難を乗り越えた池田さんが左遷としか言いようのない配置転換、これも酷過ぎますね。

それでもめげず腐らずチームワークを築いて人員を育成して勤め上げ「立つ鳥跡を濁

さず」で潔く退職されたのは素晴らしいことだと思いました。

読ませてもらって良かったし、価植ある書籍になったと思います。ありがとうございました。

映画執筆者　染谷勝樹

春爛漫、桜満開の好季節となりましたが、その後お変わりなくお過ごしのこととお慶び申し上げます。

貴著の『グランド・ファイナル』を興味深く拝読いたしました。

いろんな人が終活で「自分史」を書くことはよくあることですが、この著は池田さんの「華麗なる仕事史」というところですかね。

東京ディズニーランドオープンの準備段階から、コスチューム関連作業に関して来ました。私も改めてこの事業の壮大に感じていました。

日本エンターテインメント文化の一大改革に携わったと思います。

この書の中に出て来る登場人物が私が直接会った人達で大変懐しく楽しい気分になりました。

池田さんが精神込めた一大事業が、今尚、脈々と受け継がれていることは何より誇りだと思います。これからもいろんなことに興味を持ち続けることが長生きの秘訣だと思います。

謹んでご健勝をお祈りします

元東洋物産社長　宮村元信

天は二物を与えない

加山チャンとの出会いは少なからず因縁のようなものを感じる。

谷口千吉監督の『男対男』で俳優としてデビューした時は爽やかでスポーツマン的で溌剌と物怖じしない男という印象だった。

加山雄三の本名は池端直亮だが、映画界に入るため芸名が必要になり、東宝は「加」は加賀百万石から加を頂き、「山」は日本一の富士山から山を頂き、「雄」は英雄の雄を頂き、「三」は東宝映画の創立者小林一三から三を頂いたと言われている。いかに東宝が加山雄三に期待していたかがうかがえる。

谷口監督の『紅の海』『紅の空』、他に『二人の息子』『忠臣蔵』『戦国野郎』『戦場にながれる歌』『お嫁においで』『日本のいちばん長い日』と九作品で衣装担当をしたが、益々加山の人間的な魅力に引かれていった。

加山の代表作『若大将』に参加できなかったのが非常に残念だった。

天は二物を与えないと言うが、それは嘘だと思う。証拠に加山には演技能力、歌唱能力、絵画能力、運動能力それに素晴らしい人格まで与えている。

彼の力強い努力により、これらは全て開花させた。このように完璧な俳優は今後二度と現れないと思う！

私が東京ディズニーランドのプロジェクトに移り、映画の仕事の付き合いは途切れたが、プライベートでは加山が出演する銀座のクラブで催すライブショーのため時間を融通して、東京ディズニーランドのギブアウェイ商品を持って友達と参加して喜ばれた。

百貨店で開催された加山雄三絵画展に行った時など頼みもしないのに、展示を見に来たお客様に私を映画で一緒に仕事をした仲間と紹介してくれるなど、常に私のことを気遣ってくれた。

長い撮影所生活で多くの俳優と一緒に仕事をしましたが、このような行動を取ってくれたのは加山雄三だけだった。

いつも面倒をみていただき、有難う、有難うです！

加山チャン、お互い長生きしようよ！　家族のために！

麻雀の師匠

仲代達也さんが映画界に出たのは、小林正樹監督の『人間の條件』で一年間テレビに放送されたからである。

私が仲代と一緒に仕事をしたのは、岡本喜八監督『殺人狂時代』でした。

一日のロケが終わりスタッフ、俳優達は宿で夕食を済ますと、街場の居酒屋に出掛ける。部屋でトランプや花札に興じる者もいる。私は岡本監督、技髪のスタッフと麻雀をする。

仲代が私の後から打ち方を指導してくれる。

仲代は『人間の條件』で得たギャラを全額つぎ込むほどの雀奇知と言われた俳優です。結果、私のひとり勝ちで岡本監督なんか私に㋖の手形を振り出したほどです。それ似後私は仲代を麻雀の師匠と呼ぶことにした。仲代も承知したとみえて、師匠、師匠と呼んでも相槌を打って調子を合わせてくれた。その師匠から、私の結婚祝いに、五本マストの一メートル大の大きな海賊船が届いた。後にも先にも俳優から結婚祝いを頂いたのは仲代師匠だけだった。ちなみに石原裕次郎からは祝電を頂いた。

仲代師匠とは私が東京ディズニーランドのプロジェクトに移ったため、疎遠になったのは運命とはいえ非常に残念だった。

文化勲章授与式と劇団の公演が重なったため、授与式を欠席し劇団の公演のファンを優先した行動に、役者のプライドを守ったことに深く敬服した。

仲代さんとは岡本喜八監督作品『殺人狂時代』『斬る』と『娘・妻・母』『佐々木小次郎』の四作品だけ衣装を担当しましたが、彼の人間性や麻雀の打ち方の指導をして頂いたおかげで、より近くに感じた俳優でした。

永遠のお姫様女優

大阪の放送局で働いていた司葉子に、突然東宝側から出演依頼が舞い込む。雑誌の表誌の司を見て、ぜひ『君死に給うことなかれ』（丸山誠治監督、池部良共演）のヒロインにというものの、女優になる気などまるでなかったけれど、出演はこれ一本を条件に東宝へ。しかし撮影を終えたとき、スタッフが一丸となって作品に向かう姿に感動、素晴らしい世界と思ったという。池部良の勧めで庄司葉子の庄を取り司葉子で映画出演を続ける。

当初、与えられた役を美貌と素直な演技で熟《こな》し、段々と人気が高まり、超人的な作品数に出演し、お姫様女優として地位を築き上げる。プロデューサーや東宝はその人気に迷わされてか、同じような使い方を続ける、その一方で司はひたすら芸に磨きを掛けていた。相沢芝之（衆議員）と詰婚。選挙事務所から、自分の眼で直接見ることで人格的にも数段成長していった。

私がスタッフ、女優という垣根を越えて司と話せるようになったのは、毎年司主催で成瀬監督の命日に成城学園の中華屋で行う「成瀬監督を偲ぶ会」に出席するようになってからです。

司と話を交わす毎に、彼女の人に対する思いやりをヒシヒシと感じていた。

私が『映画衣装物語』を出版した時など、わざわざお祝いのメッセージを頂いたほどです。

「第15回東宝、砧同友会」では会員の要望で代表に就任する。東宝は司が代表になったことで会に全面的に協力した。スタジオの使用、全会員にファイナル記念に写直立てを提供した。会は盛大に催され、感激のあまり涙する者もいた。

司はスター女優のキャリアと人望でファイナルの会を立派にやりとげた。

会員は皆、司をラスト・プリンセスと呼ぶ。

司さんとは『新女大学』『愛と炎と』『女の座』『忠臣蔵』『西の王将 東の大将』『佐々木小次郎』『社長えんま帖』『新選組』『非情都市』など作品で衣装を担当しました。東宝の女優の中ではいちばん多くご一緒しました。

著者プロフィール
池田 誠（いけだ まこと）

1939年生まれ。

岡山県笠岡市出身。

千葉県千葉市在住。

著書に、『夢の中で夢を見る―人生を楽しく 趣味の画集』（2001年 ダイナミックセラーズ出版）、『映画衣装物語―ドキュメンタリー昭和映画』（2018年 ダイナミックセラーズ出版）、『グランド・ファイナル』（2021年 文芸社）がある。

現在、「映画の話」や「東京ディズニーランドの話」での講演活動中。

世の中いろいろ

2023年９月15日　初版第１刷発行

著　者　池田 誠
発行者　瓜谷 綱延
発行所　株式会社文芸社
〒160-0022 東京都新宿区新宿１－10－１
電話 03-5369-3060（代表）
03-5369-2299（販売）

印刷所　株式会社晃陽社

ISBN978-4-286-24493-8